九番姫は獣人王の最愛となる

目次

九番姫は獣人王の最愛となる

獣人国に嫁《とつ》ぎます

「九番、お前が行け」

「は？」

アナベルは虚をつかれて思わず間抜けな声を上げた。

王座から見下ろす禿《は》げた老人は、ちっと舌打ちをする。

「いつ見ても間抜けで醜《みにく》い娘だ。儂《わし》の子とは思えん」

（ええ、私も貴方の子とはとても思えませんし、思いたくありませんが）

アナベルは心の中で同意した。

「卑《いや》しき獣人など美醜《びしゅう》の区別もつかぬだろうから、他に嫁《とつ》ぐ当てもないお前が適任だと言っている。名誉に思うがよい。穀潰《ごくつぶ》しだったお前が、国のためにその身を役に立てられるのだからな」

脇を固める大臣らが王と共に卑《いや》しく嗤《わら》う。傍《そば》にいる妹と姉がアナベルの腕にすがりつき、心配そうに見上げた。

「かしこまりました」

アナベルはすんなりと承諾する。

その可愛げのない態度に王は眉を上げ、フン、と鼻を鳴らした。

「獣人は絶倫だというからな、残された日々はせいぜい体力作りに励《はげ》め」

下品に笑う顔からは、父親の情を僅《わず》かも感じない。

「子が生まれても報《しら》せなくていい。卑《いや》しい血の入った醜《みにく》い赤子など見とうないからな」

「承知いたしました」

頼まれても会わせるもんか、とアナベルは思う。

もし赤子ができたとしても隠し通す。

この腐った君主が孫を可愛がるなど、決してあり得ないと知っている。

子供を道具として量産し、息子はすべて戦場へ送り込み、娘はすべて貢《みつ》ぎ物《もの》扱い。我が子を番号で呼ぶ奴に、人の血など流れていない。人間の皮を被《かぶ》った汚物だ。

王は己の力量も知らずに相手構わず闇雲に戦争を吹っ掛けた。結果、戦況が苦しくなったところで泣きついたのが、高い身体能力を持つ最強の兵士を有する獣人国だ。

その助けてもらった国に対して、感謝もなければ敬意の欠片《かけら》もない言い草。呆《あき》れて開いた口が塞《ふさ》がらない。

馬鹿が治めるこの国に未練はケシカスほどもなかった。寧《むし》ろ出ていけてラッキーだ。

アナベルは王に平伏しつつ、舌を出す。

王女が住まうには簡素すぎる部屋に戻ると、姉妹がアナベルに駆け寄った。

「アナベルお姉様、本当に行ってしまうの？」

心細げに妹のアイリスが訊《たず》ねる。

「アイリス、守れなくてごめんね」

アナベルは小柄で可愛い妹を抱き締めた。

「獣人は強いけど、短気で野蛮だと聞くわ。貴女は気が強いから心配よ」

姉のマーガレットが眉を顰《ひそ》める。

「大丈夫。そんなの大臣達が吹聴《ふいちょう》しているだけよ。自分達の不甲斐《ふがい》なさを誤魔化《ごまか》すことに懸命なの、揃いも揃って馬鹿よね」

十二人いた王女は次々と他国へ嫁《とつ》がされ、現在残るのはアナベルを含めて三人のみ。

「二人を残していくのだけが心残りだけど、いずれ何処《どこ》かに嫁《とつ》がされる身、この国に比べたら何処《どこ》だってマシよ。……幸せを祈っているわ」

三人は抱き締め合った。

ものの価値が分からぬ獣人に与えるものはないと、何処《どこ》までも横柄《おうへい》な王は、アナベルを身一つで嫁《とつ》がせようとしていた。

アナベルは僅《わず》かに持っていた手持《ても》ちの宝飾品を売り、そのお金で獣人の王に献上する品を用意する。そして、着古したドレスを自らリメイクして身に纏《まと》った。加えて、獣人国に向かう途中の山で自ら弓矢を射り、鹿《しか》と猪《いのしし》と兎《うさぎ》を捕らえ、土産《みやげ》とした。

アナベルの母親は小さな部族の長《おさ》の娘で、王に略奪されてアナベルを産んだ。

母はアナベルを愛し、部族に伝わる狩りの技術を授《さず》けてくれた。

くすんだ灰色の髪にエメラルドの瞳、背が高く痩《や》せぎすな母親。その母親に似たアナベルは、周りから醜《みにく》いと言われて育つ。

しかしアナベルは、真に醜《みにく》い王に似なかったのをとても名誉なことと喜んでいる。

そんな彼女は川沿いを上り、谷を渡り、山を越え、長い道のりを経て、漸《ようや》く獣人国に到着した。

見上げんばかりに聳《そび》え立《た》つ重厚な鉄の扉の両側に、甲冑《かっちゅう》をつけた大柄な兵士が立っている。

御者《ぎょしゃ》が馬車を止めると、兵士の一人が近付いてきて一言二言、御者《ぎょしゃ》と言葉を交わした。

頷《うなず》いた兵士が、もう一人に合図を送る。合図を受けた兵士は巨大な閂《かんぬき》を外し、砂埃《すなぼこり》を舞い上がらせて門の片側を開いた。

（もの凄《すご》い怪力……これは敵に回したくないわ）

馬車は獣人国の中に進んでいく。乾いた赤茶の道の両側に、色とりどりの屋根が並ぶのが目に入った。

町並みの規模は自国と変わらない。しかし、腐敗した王政の下で荒れ果てた自国の雰囲気とはまるで違う。活気に溢《あふ》れ、店頭に鮮やかな品物がところ狭しと並ぶ。

アナベルは町を歩く獣人達を観察し始めた。

「可愛い」

思わず声を上げる。

獣人の姿形は人間と殆《ほとん》ど変わらない。

お尻にしっぽがあるのと耳の形が違う以外は。

その形や色は様々だが、しっぽと耳の色は大体それぞれ揃っているようだ。

やがて、目前に城門と思われる石柱が見えてきた。門番の姿はない。

どうやら城の庭は一般に開放されているらしい。

アナベルはそこに獣人の王の統制力を見る。

国民や町の雰囲気からも分かる。きっと、圧政など敷いていない、真に国民に親しみ、愛されている君主なのだ。

若き獣人国王、シメオン。

いったい、どのような方なのだろう。その耳としっぽは、どんなだろう？

息苦しい母国から離れた解放感と相まって、アナベルはこれから始まる新生活と夫となる人物への期待が抑えられない。フワフワと浮遊するような心地だ。

やがて、砂埃《すなぼこり》を上げて馬車が止まった。

馬車の扉を開いて顔を覗かせた御者《ぎょしゃ》は、真っ青になり小刻みに震える。

「きゅ、九番姫様、着きましたでございます」

「ありがとう。どうしたの？　震えているようだけれど、寒いの？」

「い、いいいえ、恐ろしくって……獣人の王様は人を喰うっていうから……おっかねぇ」

彼は首を竦《すく》めた。アナベルは腕を組んで思案する。

「積んである荷物を下ろすのだけ手伝って。それが済んだらお帰りなさい。長い道のりをよく勤めてくれたわ、ありがとう」

「付き添わねえでいいんですかい？」

「大丈夫よ。帰りは山賊にお気を付けなさいね。この辺りは出るそうだから」

アナベルは獲物を縛り付けたロープを解き始めた。

＊　＊　＊

一方、そんなアナベル達の様子を聳《そび》え立《た》つ城の窓から見下ろす幾《いく》つかの人影があった。

「あれが人間のお姫様ですか？　……なんだか聞いていたのと違いますね」

「フォークより重いものを持たないって聞いたけどなぁ……猪《いのしし》引きずってんぞ」

「確かに耳もしっぽもないけど」

「馬車の車輪バランスまで確認してんぞ」

「あら、御者《ぎょしゃ》を帰しちまった。手ぇ振ってら」

「偽者《にせもの》じゃないの。あの小賢《こざか》しい王ならやりそうじゃない」

奥の机の前で書類に目を通していた男が顔を上げる。

「煩《うるさ》いぞお前ら。とりあえず誰か迎えに行け」

「俺、行くぅ！」

「私が」

面々は競うように部屋を出ていった。

部屋に一人残された獣人の男は、書類を机に投げる。

(側室なんていらないというのに、無理やり押しつけやがってあの老害。すぐにでも追い返したいところだが……)

男の名前はシメオン。獣人国の王だ。

就任してまだ三年の若い王だが、そのカリスマ性と君主としての手腕は国内のみならず、国交のない他国にも轟《とどろ》いている。

その戦闘能力はずば抜けて高く、かつ、見目麗《うるわ》しく艶《あで》やか。

しかし……未だ王妃がいない。

そこには獣人ならではの事情があった。

＊＊＊

その頃、アナベルは城の前で大男達に囲まれていた。

「へえ、本当に耳が猿みたいだ」

「細っこいな」

「可愛い」

「お前ら失礼だぞ」

「姫様、遠方遥々《はるばる》よくお越しくださいました。お疲れのところ申し訳ございませんが、我が王にご挨拶《あいさつ》いただけますでしょうか」

一番年若そうな丸っこい黄金の耳の青年が、胸に手を当てて腰を折った。すると、他の男達も慌ててそれに倣《なら》う。

アナベルはスカートを摘まんで片足を下げ、腰を下とした。

「お出迎えいただき、ありがとうございます。是非《ぜひ》ともシメオン王にお目通りを」

礼儀はともかく、慇懃《いんぎん》無礼《ぶれい》な母国の大臣達より数倍マシだ。好奇心を隠さずマジマジ見てくるところも素直でよろしい。

アナベルは黄金耳の青年に手を引かれて歩き出す。

土壁の城内は、素朴だが温かい雰囲気だ。悪くない。

しかし、螺旋《らせん》階段を上り、廊下を進み、また階段を上ると、体力には自信があるアナベルも息が上がってきた。

「大丈夫か、姫さん」

赤毛モフモフ耳の男が振り向く。

「ええ、なんとか。……まだ上るのですか？」

「まだ三つ階段を上がらねばなりません」

「おい、ベアル、姫さんを抱えてやれ」

一番大柄な小さな茶色耳の男が、よしきた、とアナベルを肩に担《かつ》いだ。

(ええ⁉　一応、王女だぞ。そんな粉袋を担《かつ》ぐように……まあ、いっか。楽だわ、これ)

アナベルは力を抜き、ぐったりと身体を預ける。

「軽いなぁ、姫さん。野菜しか食ってないんじゃねぇか、ちゃんと肉も食わねぇと」

「ちゃんと食べてますよ。これでも母国では大食いで通ってました」

(無駄飯食らいって、陰口叩かれてたけどね)

「人間って何を食べるの？」

「皆さんこそ、普段何を召し上がっていらっしゃるのですか？　……食が合わないと困るなぁって、少し心配だったんです」

「あー、分かるわぁ、それ。そうだよなぁ」

「主食は米っていう穀物ですよ」

「へえ」

「水で炊《た》いたらモチモチになるんだぜ。癖がないから、どんなおかずにも合う」

「へえ～」

「イチオシのおかずは塩鮭《しおざけ》だな、一切れで米丼十杯はいける」

「お前は食べすぎだよ」

和気あいあいと話しているうちに、王の部屋に着いたようだ。

長い黒髪から尖った黒耳を覗かせた男がノックする。

「姫君をお連れしました」

「……入れ」

低い声が聞こえ、扉が開く音がした。

アナベルは大男に担《かつ》がれたまま入室する。

「……まさか、その担《かつ》いでるのが姫か？」

半ば呆《あき》れているようなシメオン王の声が耳に入ってきた。王にお尻を向けての登場はかなり恥ずかしいが、致《いた》し方《かた》ない。

「おい、ベアル、姫を下ろせ」

ベアルがそっと優しく身体を肩から下ろしてくれた。床に足がついたことを確認すると、アナベルはすくっと背筋を伸ばし、彼に笑顔でお礼を言う。

「ありがとう。なかなか快適でした」

「いつでもどうぞ」

ベアルは、にかっと笑う。アナベルは獣人王がいるであろう場所を振り返り、腰を折った。

「この度は、半ば無理やり押し付けた縁談をお請《う》けいただいたこと、加えて先の戦争でのご協力を、国を代表して心より感謝申し上げます」

＊　＊　＊

シメオンは驚いていた。

あの無礼な王の娘だからどんなにか高慢ちきな女だろうと思っていたのだが、予想に反してまともなようだ。顔を上げた王女をマジマジと見る。

灰色ストレートの髪は艶《つや》やかで、前髪から覗くエメラルドの瞳も利発そうだ。滑《なめ》らかな白い頬に細い身体。

なかなかの美女である。

「堅苦しい挨拶《あいさつ》はよい。……縁談を引き受けた以上、貴女の身の安全と不足のない生活は保障しよう。しかし、最初に話しておかねばならないことがある」

王女が神妙な表情で頷《うなず》く。

シメオンは彼女にソファに掛けるようにすすめ、自らもテーブルを挟んで正面に座った。

「人間は我々獣人についてよく知らないと思う。長い間、深い交流を絶ってきたから当然だが。我々は人間とは異なる習性を持つ。その一つが『番《つがい》』という存在だ」

王女はシメオンの目を真っ直ぐ見つめて話を聞いている。

「我々獣人は生まれた時から『番《つがい》』、つまり運命の相手が決まっている。獣人の血を持つ者は全員、例外なくだ」

彼女は頬に手を当てて暫《しば》し考え込み、淡々と確認した。

「……つまり、人間の私を妃にはできない、ということですね？」

「……その通りだ。しかし、貴女にも体面があろう。貴女の父上に難癖をつけられるのも、我が国としては面倒でな」

「ああ、あのジジイなら間違いなく、つけ込んでくるでしょうね」

シメオンはきょとんとして目の前の姫君を見た。

「でも、あの臆病者に獣人国を探《さぐ》るなんてことはできやしません。定期的にそれっぽい手紙でも送っておけば簡単に騙《だま》されるでしょう」

側近達も顔を見合わせている。

「私はクソジジイとあの国にうんざりしてたんです。国を出る機会を与えてくれたシメオン様には感謝しております。全面的に協力します」

王女は片手を上げてシメオンに頷《うなず》いた。

「……貴女は変わった姫君だな」

「よく言われておりました。王にも嫌われていましたから、こちらに来ると決まった時は厄介《やっかい》払いができたと喜ばれましたわ。……それから、私のことはアナベルとお呼びください」

シメオンは思わず噴き出す。

「どんな高飛車《たかびしゃ》な人間が来るのかと思っていたが、貴女となら上手《うま》くやれそうだ。よろしく、アナベル」

手を差し出したシメオンに、アナベルもニッコリ笑って手を出す。

シメオンはその白く細い指先に唇を寄せた。

「はっ?」

アナベルが頬を染めて目を見開いている。

「あれ？　人間の国ではやらないのか」

「いえ、あの、慣れていないだけです」

それまで堂々と背筋を伸ばしていた王女が縮こまるのが可愛らしく、シメオンはふっと笑う。

「体面上、アナベルは側室となる。寝室は同じだがベッドは別々だし、俺も決して手は出さない。安心してくれ」

「はい」

アナベルが頷《うなず》いた。

＊＊＊

じゃあ、お茶でも飲もうか、と側近の一人が言い出し、皆がそれぞれの場所で寛《くつろ》ぎ始《はじ》めた。

この部屋はシメオンの執務室兼会議室で、側近達はここに入《い》り浸《びた》っているらしい。王と家臣の距離が近い。

母国では考えられない光景に驚きつつも、アナベルは居心地のいい雰囲気に安堵《あんど》する。その空気に乗じて訊《たず》ねた。

「そういえば、側近の皆さんには番《つがい》がいるのですか？」

四人は途端に目を逸《そ》らす。

「フォルクスはいるよな、既婚者だし、子供もいる」

フォルクスと呼ばれた金髪の大きめ耳の男が頷《うなず》いた。

「あとは……まだ見つけられないでいます」

金色丸耳の青年は苦笑いする。

「俺が王になってからは忙しかったからな。国主催の合同見合いやパーティーは随分長く企画していないし、自治体主催のものにも参加できていないのだろう？」

シメオンが申し訳なさそうに言う。

「その内見つかるだろ」

赤毛もふ耳の男がのんびりと答えた。

「なんだか無理して探さなくてもいいかと思えてきてるんだ」

ベアルがお茶菓子を口に放り込んだ。

「そういうわけにもいかないだろう。王に加えて側近も妙齢なのに皆独身だなんて、おかしな噂が立っては困る。王城勤めを目指す若者がいなくなったらどうする」

「ではまず、王が見つけてください」

金色丸耳に言い返され、シメオンは口をつぐんだ。アナベルは慌てて訊《たず》ねる。

「えっと、番《つがい》というのは見れば分かるものなの？」

黒髪立耳の青年が答えた。

「そのへんは個人差があるようです。一目見て分かった者もいれば、触れてとか、匂いとか、実際一夜を共にして……とか」

「へえ、でも素敵よね、運命の人が決まっているなんて」

「そうでもないですよ。番《つがい》を探すのは大変だし、年齢が離れていたりするとね、かなり悲劇です。出会った時に子供が望めないほど高齢になっていたり、相手が亡くなっていることも実際あり得ますしね」

「仕方なく諦めて番《つがい》以外と所帯を持つ奴もいます」

「でも、俺達はそれが許される立場じゃないんですよ」

各部族から選出されて側近を務める彼らは、より優秀な子孫を残す使命があり、それには『番《つがい》』と添うことが必要不可欠らしい。

「そうか……それは、大変かも」

「……でも、どうしてだろう。僕もですけど、そこまで焦《あせ》ってないんですよね」

金色丸耳の青年が不思議そうに呟《つぶや》いた。

「まったくそういう欲がないよな……」

赤毛もふ耳が同意する。

飄々《ひょうひょう》としている側近達の中で一人、フォルクスだけが暗い表情で皆を見つめている。

アナベルはそれが妙に気になった。


ささやかだが歓迎の宴《うたげ》が催《もよお》された。心配に及ばず、振る舞われた料理はすべて美味《おい》しい。

お米と呼ばれる穀物を始め、野菜、肉、魚、種類が豊富な上に新鮮で、そんなところからも、獣人国の豊かさが窺《うかが》い知《し》れる。

それから広い露天風呂をいただき、アナベルはご機嫌で寝室に入った。

シメオンは既《すで》にベッドに入って本を読んでいる。

長めのプラチナの髪に思慮深いアメジストの瞳。すっと通った鼻筋に甘い口元。そして髪の間から立ち上がる大きな黒い耳。

正直、アナベルは一目でその美貌《びぼう》に見惚《みと》れた。

しかし、この美しい王の妃になることはない。それを少々残念に思う。

ふと、シメオンが本から顔を上げた。

「風呂はどうだったかな？」

アナベルはとてもよかったです、と微笑《ほほえ》む。

「それはよかった。温泉は我が国の自慢の一つだからな」

「すごく温まりました。母国ではほぼ行水だったので感動しました。これから毎日入れるなんて、こんな贅沢《ぜいたく》よいのでしょうか」

そう話しながら、ごそごそと荷物を探《さぐ》った。

「アナベルに不自由はさせない。一生この国で面倒を見るつもりだ。贅沢《ぜいたく》などと思わず、遠慮せずに楽しんでくれ」

彼女は出会ったばかりの王の優しい言葉に不覚にも泣きそうになる。それを誤魔化《ごまか》すように、取り出した小箱をシメオンに差し出す。

「なんだ？」

「私からの贈り物です。このようなもの以外、差し上げるものがなくて心苦しいのですが」

シメオンはそっと箱を開けた。

「これは……耳飾りか」

「ええ、獣人国の民は耳飾りを好んでつけると聞いたことがありまして……宝石はアメジストです。小さいですが、偶然にもシメオン様の瞳の色と一緒ですね」

彼の顔がほころぶ。

「ありがとう、気に入った。こんな色の石は初めて見た。この国では宝石が流通していないからな。

とても貴重なものだ」

アナベルはホッと胸を撫《な》で下《お》ろす。

(気に入ってもらえてよかった)

「……そういえば、側近の方々にもシメオン様にも、しっぽがあるのですよね。皆さん、長い外套《がいとう》を着ていらっしゃったので見えませんでしたけど……」

「ああ」

シメオンが背中を探《さぐ》ってそれを出した。黒くて先っぽの白いモフモフのしっぽが現れる。

「まあ！」

アナベルは両手の指を握り合わせる。

「かっ、可愛い！」

「可愛い……のか」

「さ、触っても？　あ、ブラッシングしましょうか？」

「いや、あの、アナベルがやりたいのなら任せよう」

アナベルは自前のブラシとヘアオイルを急いで取り出すと、ベッドに飛び乗る。

「きゃあ！　すごい！　柔らかい」

「……そうか」

毛並みに沿って丁寧にシメオンのしっぽをブラッシングした。

「上手《うま》いものだな」

「ありがとうございます。……本当に、こんないい待遇、痛み入ります」

シメオンが不思議そうに訊《たず》ねる。

「人間の王族の生活と比較すれば、かなり質素だと思うが」

アナベルは苦笑いをした。

「母国では王子も王女も名ばかり、贅沢《ぜいたく》していたのは王とその取り巻きだけです。王女は学問と礼儀作法を、王子は武術を否応《いやおう》なしに叩き込まれ、道具として利用されるのです。それを除けば使用人と扱いは変わりませんでした」

「なっ……！」

シメオンは驚きを隠せないようだ。

「あの国は長く持たないでしょう。愚王ももう高齢ですし民も疲れている。跡取りもいない。……残された姉妹だけが心残りです」

アナベルはブラッシングを終えると、ヘアオイルを塗り込んだ。

「これは私が調合したんです。安眠を誘う花の香りのエキスが入っています」

「そうか、いい香りだ」

「ふふ。今夜はシメオン様のしっぽと私の髪は同じ匂いですよ」

シメオンがアナベルの髪を掬《すく》い取《と》って鼻を近付ける。

「本当だ」

アナベルはその様子を唖然《あぜん》として見ていた。

獣人は皆、このような振る舞いをするのが当たり前なのだろうか。

つまり、男女の距離が近いというか、気軽に触れるというか……

褥《しとね》のことに関してはうんざりするほど教えられたが、男女の機敏にはとんと疎《うと》い。そんな自分には判断しようがないけれど、まあ、嫌われてはないってことだと思おう。

アナベルは熱くなる頬を見られないように俯《うつむ》いた。

「アナベル、自国で辛《つら》い思いをした分、この国では幸せに暮らしてくれ。俺ができる限り力になる」

その言葉に、低頭する。

「勿体《もったい》ないお言葉でございます。けれど、シメオン様に番《つがい》が見付かった、もしくは私の母国が滅びた時には遠慮なく放り出してください。私は既《すで》に何も役には立ちませんが、ご迷惑をおかけすることは望みません。一人で庶民として生きていく準備もして参りましたから」

「アナベル……」

「さあ、寝ましょう。明日はフォルクス殿が城下町を案内してくださるそうですわ。楽しみです～」

アナベルは明るく言うと、自分のベッドに向かった。

「お休みなさい。シメオン様」

布団を被《かぶ》って目を閉じる。ふっかふかのお日様の匂いがする布団に包まれ、長旅の疲れもあってか、すぐにうとうとと微睡《まどろ》んだ。

「お休み、アナベル」

シメオンの心地好い低音の声が聞こえたが、瞼《まぶた》を上げられなかった。


翌日。

アナベルはフォルクスと並んで王都を歩いていた。五人いる側近のまとめ役ともいえる彼は、黄金色の大きな立耳を持つ、優しげな面立《おもだ》ちの美青年だ。耳より少し薄めのブロンドを背中の中ほどまで伸ばしているせいか、一見性別を疑いそうになるものの、その理知的な黄緑色をした瞳の奥には人を威圧する強さを湛《たた》えている。

しばらく散策したのち、フォルクスはある店の前で足を止めた。店先に置かれたベンチにアナベルを座らせ、紺色の暖簾《のれん》をくぐって中へ消える。

少し汗ばむような陽気の中、吹いてきた涼しい風に吹かれ、アナベルは目を細めた。その目の前に、にゅっと差し出されたものがある。

それは、串に幾《いく》つもの丸いものが刺さった食べ物だった。薄茶のトロリとしたタレがまぶしてある。

「団子です。美味《おい》しいですよ」

思わずのけ反《ぞ》ったアナベルに、フォルクスが微笑《ほほえ》みながら説明した。

「この甘味屋は妻の実家なのです。団子は一番の人気で、すぐに売り切れてしまうんですよ」

「そうなのね。じゃあ、さっそくいただきます」

一口食べたアナベルは目を丸くしてフォルクスを見た。

「美味《おい》しい！　モチモチッ」

「そうでしょう、私の大好物なんです」

彼は柔らかく笑う。

「それにしても活気に溢《あふ》れていい町だわ」

「ありがとうございます」

町には大勢の人が行き交い、店先では呼び込みの声が響いている。町の中央に設《もう》けられた広場には屋台が並び、歌や楽器の演奏を披露する大道芸人達が観客を集めていた。

その様子を微笑《ほほえ》みながら見つめているアナベルに、フォルクスがそっと声をかける。

「姫様、ちょっと寄りたいところがあるのですが、お付き合いいただけますか」

アナベルは快く承知した。

そうして着いたのは薬屋だ。

「フォルクス、何処《どこ》か悪いの？」

「いえ……あの」

フォルクスは言《い》い淀《よど》んだが、意を決したように話し始めた。

ここ一年ほど性欲が湧かないと俯《うつむ》く。大きな耳がしゅんと垂れている。

「妻は二人目が欲しいと言うのですが、まったく役に立たず……仕事が忙しいことは理解してくれていますが、どうやら浮気を疑っているようで」

仕方なく、薬師に精力増強効果のある薬草を処方してもらっていると言う。

「最初は私だけかと思ったのですが、どうやら他の側近も、そしておそらく王にも同じ症状があるのではないかと推測しています。彼らはまだ独身なので、大事には捉《とら》えていないようだけど……」

見目がよく実力もある出世株の彼らは、元々女性からの人気が高く入れ食い状態。それこそ一年ほど前までは皆、派手に遊んでいたそうだ。

(なんと……あの王までもが)

アナベルは遠い目をした。

(何処《どこ》の国でも男って奴は……)

「なんとか原因を掴みたいと密かに調べていたのですが、まったく手掛かりがなく、正直諦めかけていまして」

アナベルは腕を組み、考えた。

確かに側近と王が揃いも揃って精力が減退するなど不自然だ。それは間違いなく、番《つがい》を嗅《か》ぎ分けることへの支障にもなるだろう。

「フォルクス、それ、私も協力させて」

フォルクスは耳をピンと立てて、アナベルの手を握った。

「ありがとうございます！　外からいらっしゃったアナベル様なら違う視点で見ることもできるでしょう。デリケートなことですし、確証がなかったので、一人で長く思い悩んでいたのです。お申し出、大変心強いです！」

アナベルは眉間《みけん》にシワを寄せて考え込んでいた。

フォルクスの証言と、今まで調べた事実を頭の中で並べる。

症状が出始めたのは一年ほど前から。

(多少個人差はありそう)

対象は側近と王に限られる。

(他の城仕えの者は、大丈夫みたいだ)

性欲減退の原因としては、過労、食事の偏《かたよ》り、なんらかの疾患が一般的だと聞くが……

仕事が忙しかったのは確かとはいえ、ここ一年は落ち着いているらしい。シメオンも休日はしっかり休むように指導しているようだ。

食事はそれぞれ好みが違うので、メニューはバラバラ。皆、健康そうで深刻な疾患があるようには見えない。

「アナベル、どうした？　何か悩み事か？」

シメオンがデスクから訊《たず》ねた。アナベルはそちらに顔を向ける。

「シメオン様。ここ数年、恋人がいたことは？」

予想外の質問だったようで、彼は目をパチパチさせた。

「いや、いないが……」

「番《つがい》でなくとも欲情は可能と聞きましたが」

「そうだな」

「なぜ？　なぜ、恋人を作らないのです？　番《つがい》じゃない者同士の割り切った交際には肯定的な風潮だと聞きましたが」

シメオンは頬杖《ほおづえ》をつく。

「そういえばなんでかな？　そんな気になれない」

アナベルは立ち上がり、モスグリーンのワンピースに手を掛けて、ボタンを外し始めた。

「ア、アナベル!?」

シメオンはぎょっとして彼女を止めようと椅子から腰を上げる。

アナベルはボタンを外したワンピースで走り寄り、シメオンの真ん前に立つと、胸元をバッと左右に開いた。背中を反《そ》らし、白い胸の谷間を見せつけるように背伸びをする。

シメオンは固まった。

「ど、どうです？」

「どうとは？」

「こう、ムラムラッと来ますか？」

「アナベル、馬鹿なことを言ってないで胸をしまえ」

アナベルは溜め息をついてボタンを留める。

「やっぱ駄目かぁ、私のささやかな胸じゃなあ……、シメオン様のグッとくる女性のタイプってどんなのですか？」

シメオンはあっさりと踵《きびす》を返した彼女に拍子抜けして、椅子にどさりと腰を下ろす。

「胸と尻のデカイ、色白で金髪巻き毛の……」

「ほほう、意外と定番ですね。しっぽと耳は？」

「そこは、あまり拘《こだわ》りがない」

再びシメオンのほうを向き、アナベルは訊《たず》ねた。

「シメオン様、想像してください。今ここにシメオン様の理想そのものの金髪美女が現れたとしたら、どうします？」

シメオンが真顔で答える。

「どうやって城に侵入したかを問《と》い詰《つ》める。城の外庭は国民に開放しているとはいえ、執務室と居住エリアは立入禁止だからな」

アナベルは額《ひたい》に手をやり、天を仰《あお》いだ。

「……そうじゃなく。じゃあ、パーティーで出会ったとして」

「眺める」

「はあ？」

「何処《どこ》の令嬢かも分からんのに、いきなり声をかけたら後々面倒だからな。眺めるだけなら平和に済む」

アナベルは腰に手を当てて、唖然《あぜん》とシメオンを見た。

（こりゃあ重症だわ）

＊　＊　＊

シメオンはソファーに座って考え込んでいるアナベルをチラリと窺《うかが》った。

（さっきのあれはなんだったんだ）

不覚にもどぎまぎしてしまった自分を恥じる。

誘惑しようとしているのかと思ったのに、どうやらそういうわけではなさそうだ。

そこでふと思う。

（そういえば、最後に女を抱いたのはいつだろう）

忙しくはあったが、以前はその疲れも性欲が高まる原因となり、手頃な女と一夜を共にすることも多かったのだが。

最近はまったくその気にならない。

公務を終えたら、食事をして風呂に入って寝る。

なんとも健全な毎日だ。

シメオンは書類の陰からアナベルの横顔を盗み見た。

王女らしからぬ、逞《たくま》しい娘だ。厳しい生《お》い立《た》ちの中でも自分を失わず、しっかりと自分の足で立っている。

その姿は眩《まぶ》しく健気《けなげ》だ。

（悪くない。灰色の髪にエメラルドの瞳。細身だがふっくらと張り出した白い胸……むしろ……）

シメオンはハッとして浮かんだ思いを振り払った。

アナベルは保護対象。

そして人間だ。

やがて番《つがい》を迎える自分に縛り付けるなど、あってはならない。

（そろそろ王城でもパーティーを催《もよお》すか……）

シメオンは再び目前の書類に集中した。


アナベルは毎晩シメオンのしっぽをブラッシングする。

シメオンも気持ちが良いので咎《とが》めようとは思わなかった。

ヘアオイルの香りも好ましい。

「お耳にも塗りましょうか？」

アナベルが思い付いたように言って、シメオンの頭上に手を伸ばした。薄い夜着に包まれた胸が目の前に迫り、シメオンは唾を飲む。

広めに開いた胸元から、昼間見た白い胸の谷間が見えていた。

その柔らかそうでいい匂いのする身体に触れたい。欲望が突如、湧き起こる。

昼間は感じなかったのに。

シメオンは目を瞑《つむ》り息を止めて、その本能を抑え込む。

しばらくすると、それは綺麗さっぱりなくなっていた。

（やはり気のせいだ。人間に欲情することなどあり得ないのだから）

グルーミングを終えたアナベルはベッドに入り布団を胸までかけると、笑顔でお休みなさいと言って目を閉じた。

当初は他人と同じ部屋で寝ることに抵抗があったが、今は当然のように彼女の存在を受け入れている。静かな寝息も心地好く思えた。

番《つがい》が見つかれば、アナベルと二人で過ごすこの穏やかな夜は終わる。

それに一抹《いちまつ》の寂しさを感じるシメオンだった。


ある日のこと。

廊下を歩いていたシメオンは、こそこそと顔を寄せ合って話すフォルクスとアナベルの姿を目撃した。

彼女が側近達と親しくしているのは好ましいが、距離が近すぎる。胸がモヤッとした。

「おい」

気付くと、不機嫌な声で呼び掛けていた。

二人はハッとしたように顔を上げる。

「なんの相談だ？」

そう訊《たず》ねると、フォルクスは取り繕うような笑みを浮かべた。

「もうすぐ娘の誕生日なので、姫様に贈り物の相談に乗ってもらっていました」

アナベルも頷《うなず》く。

「……それはよいが、適度な距離を心掛けろ。お前は既婚者だし、アナベルは俺の側室なのだから」

フォルクスが頭を下げた。アナベルは気まずそうに俯《うつむ》く。頬に長い睫《まつげ》の影ができている。

その場を立ち去りながら、シメオンは後悔した。

まったくもって自分らしくない振る舞いだ。

窓の外から城下町を見下ろす。

(明日の夜にでもチャドを誘って飲みに出掛けようか、そこでよさそうな女を見つけたら……)

きっと、長く女性を抱いていないせいで、おかしなことを考えてしまうのだ。

シメオンは頭を掻《か》いた。

＊　＊　＊

アナベルはシメオンの後ろ姿を見送りながら、フォルクスに訊《たず》ねた。

「もしかしてシメオン様、怒ってた？」

フォルクスは少し考え込む。

「そうですね、王にしては珍しい、きつい口調でした。……まあ、さほど気にされなくても大丈夫です。しつこい方ではありませんから。ところで話の続きですが、原因は執務室にあると？」

「そうなの。六人の共通点がそれしか考えられないのよ。ここ数年の間で、何か思い当たることはある？」

その問いに、彼は頷《うなず》く。

「関係があるか分かりませんが、二年ほど前に改装しています。隣の部屋と繫げて広くしたんです。その際に、王の希望で壁を全面塗り替えました」


数日後。

公務が忙しいフォルクスの代理として、アナベルに付き合ってくれたのはドルマンだった。鋭い美貌《びぼう》を備《そな》えた彼は、少々表情に乏《とぼ》しい青年だ。肩で切り揃えられたストレートの黒髪、その頭上には黒い立耳。凛《りん》と立つ様《さま》は近寄り難くも感じる。

しかし、よくよく話してみると口数が少ないだけで穏やかな親しみやすい性格であると分かった。

彼と和気あいあいと語り合いながら、アナベルは執務室の改装をした業者を訪ねる。

それから左官職人の家へ向かい、最後に、目的だった土壁の資材屋までたどり着く。

「王様はオレンジ色をご希望だったので、赤味を出すのに苦労しました。赤い染料は通常あまり使わないものですから。色々試行錯誤《さくご》してたどり着いたのが、これです」

資材屋の長い垂れ耳の男が指差したのは、作業小屋の横にある林だ。

どうやら、そこに何本も生えている、細く赤い幹の樹木を指しているらしい。

「ボラカルっていうんですけどね、染料屋から教えてもらったんです。偶然、私の家の側にも生えておりましたので、これの皮から汁を絞り出して土に混ぜてみたんです。そしたらいい色が出ましてね」

アナベルは資材屋に剥《は》がしたボラカルの皮を譲ってもらった。

「そんなもの、どうするんですか？」

ドルマンが不思議そうに問いかける。

「うーん……ねえ、この辺で一番植物に詳しいのは誰かしら？」

「薬屋のメルバ婆ですね」

彼は即答した。

「国一番の薬師で生き字引ですよ」

そしてアナベルは、フォルクス行き付けの薬屋へ幾日《いくにち》ぶりかに行くことにした。

ドルマンがメルバ婆に紹介してくれる。

「婆さん、この人が王の側室になったアナベル姫だよ」

メルバ婆は目深《まぶか》に被《かぶ》ったローブの下から覗く小さな赤い目で、アナベルを値踏みするように見た。

「ほう、なかなかの別嬪《べっぴん》さんじゃないか」

「ありがとうございます」

「お綺麗なだけじゃないぞ、趣味は狩りで、弓矢を華麗に扱うらしい。獲物を捌《さば》くのもお手のものなんだ」

ドルマンが、ねえ、とアナベルに視線を向ける。アナベルは少々はにかみながら頷《うなず》く。

「母が狩猟の民だったので」

「へえ、なんていう部族だい？」

答えると、メルバ婆は目をしばたたいた。

「なるほどねぇ……そういうわけかい」

メルバ婆の不可解な呟《つぶや》きに、ドルマンとアナベルは顔を見合わせる。

「で、この婆になんの用だい？」

小柄だが威圧感のある老人の問いに、アナベルは慌てて資材屋から貰《もら》った木の皮を取り出す。

「ボラカルっていう木で、赤色の染料として使用したらしいのですが、間違いないですか？」

メルバ婆は受け取り、それを至近距離で舐《な》めるように見た。

「確かに似ているけどねぇ……これはボラカルじゃないね。ソラン草だ」

ドルマンが首を傾《かし》げる。

「いや、婆さん、草には見えなかったぞ」

「かなり大きく育つからね。だけど二、三年で枯れちまうんだ。よく似てるからねぇ、素人は間違えてもしょうがない」

アナベルは急いで訊《たず》ねる。

「ソラン草には薬効はあるのですか？」

メルバ婆は頷《うなず》いた。

「ああ、あるよ。うちの店にも煎《せん》じたものがある。あんまり売れないけどね」

＊＊＊

「あ、姫様だ」

執務室の窓から外を見下ろしていたレッサードが声を上げた。金色の丸い耳がぴくぴくと動いている。柔らかいブルネットの癖毛に青色の大きな瞳、童顔で小柄な彼は、側近達の中でもムードメーカー的な存在だ。可愛い見かけのわりに毒舌で、しばしば知らずに人を傷つける。

そして、その隣にいたレッサードより二回りほど大きな獣人も、ひょいと下を覗き込んだ。

「今日はドルマンと一緒か」

間延びした声で話す彼は、初日にアナベルを肩に担《かつ》いだベアルだ。短く刈り込んだ髪から小さな茶色の耳がひょこっと生えている。精悍《せいかん》な顔つきながら性格はマイペース、怪力が自慢の癒《いや》し系だ。

「いいなぁ、僕も姫様とお出掛けしたいです」

「俺は一緒に狩りをしてみてえな、どれほどの腕前なんだろ」

「大人気だな」

シメオンが口を挟んだ。

「もし、番《つがい》がこのまま見付からなかったら……姫様を下賜《かし》してほしいなぁ……」

窓に貼り付いたレッサードがポツリと漏らした言葉に、シメオンはぎょっとしてその背中を見る。

「じゃあ、俺も。姫さんと一緒になったら楽しそうだよなぁ」

ベアルも加わった。

「真似しないでよ。ベアルは駄目だよ、お前みたいな巨漢は姫様が可哀想じゃないか、体格差は夜の生活の深刻な…………」

「お前らいい加減にしろ！」

シメオンは側近達を叱《しか》りつけた。

「もう、こうなったら一刻も早く見合いパーティーを開催する。レッサード、お前が段取りしろ」

「はい！」

レッサードが背筋を伸ばす。シメオンは息を吐いて、隣に立つチャドにこそっと話し掛けた。

「今夜一杯付き合え」

シメオンと同じ年齢のチャドは無造作に整えた赤毛に、もふもふの茶色い耳を持つ獣人だ。面倒見のいい性格で、細やかな気配りもでき、モテる。一時期はシメオンも凌《しの》ぐほどの人気を博した色男だ。女を目的に据《す》えた飲みに誘うには、最適の相手なのである。

チャドは主《あるじ》の意を汲《く》んだとばかりに、ニヤリと笑って頷《うなず》いた。


「――実際のところどうなの？　レッサードが言うように、番《つがい》が見つからなかったら姫さんを王妃にするってのは王的にあり？」

バーのカウンターで、チャドはシメオンに訊《たず》ねた。

「あり得ない。アナベルは人間だぞ」

「試してみねぇと分からねぇぞ」

シメオンはチャドを横目で睨《にら》む。

「アナベルは保護対象だ。幸せになるために尽力してやりたいが……パートナーとしては無理だ」

チャドはフッと笑うと、面倒臭そうに言った。

「まあ、古参どもが認めねぇよな。何より血の継続を重んじるのが獣人だからなぁ。王家の血筋に人間の血は入れたがらねぇだろう」

シメオンはグラスをグッと握る。

「じゃあ下賜《かし》すんの？　俺でもいいぜ」

グイッと酒を飲み干すと、グラスを音を立てて置いた。

「なんなんだ、揃いも揃ってお前らは。俺は……アナベルの希望に沿うつもりだ。無理に未来を押し付けるつもりはない！」

チャドはシメオンを見て、ふうん、と呟《つぶや》く。

その時、背後から艶《あで》やかな声が掛かった。

「あら、シメオン様、チャド様もお久しぶり」

チャドとシメオンを挟むように両脇に見知った美女が座る。

二人とも金髪巻き毛にダイナマイトボディ、スパイシーな香り。

「ああ、相変わらずいい女だな」

女達は流し目を送ると、白い耳と白い尾を優雅に動かした。

シメオンは寝室のドアをそっと閉めた。

アナベルは既《すで》に寝ているようだ。足音を忍ばせてベッドに近付き、覗き込む。

長い睫《まつげ》を伏せ、唇を緩く閉じ、健《すこ》やかな寝息を立てる愛らしい寝顔だ。

シメオンは暫《しば》し見入った。

彼女にブラッシングをしてもらいたくてしっぽが疼《うず》く。彼はしっぽを自ら撫《な》でた。

結局、女とは飲むだけで別れた。

その気になれなかったのだ。それはチャドも同じだった。

女の刺激的な香りより、アナベルが塗ってくれるオイルの優しい匂いを嗅《か》ぎたい。

しなだれ掛かる柔らかい身体より、しっぽを撫《な》でる繊細《せんさい》な手が恋しかった。

シメオンはアナベルの頬に手を伸ばす。

しかし、触れる直前で手を引いた。


「――シメオン様、寒かったんですか？　しっぽを抱き締めて寝てましたよ。可愛い」

起きた途端、アナベルから開口一番投げられた言葉に、シメオンは布団を被《かぶ》った。

そして、朝食後。

「二人共調子が悪そうですね、二日酔いですか？」

フォルクスが明らかに精彩を欠いたチャドとシメオンに声を掛けた。

「……ああ、まあ、な」

チャドは窓枠に腰掛け、窓におでこを押し付けている。シメオンは机に突っ伏していた。

「昨日は楽しんできたんじゃないのお？　酒場で美女に挟まれてるのを見掛けましたよ」

レッサードが王の伏せられた耳を摘まんだ。

「え、うーん、いや……」

その、ハッキリとしない返しを聞き、ドルマンとフォルクスが目を合わせる。

「どうもその気にならなかったんじゃないですか？」

フォルクスの言葉に、シメオンは顔を上げ、チャドが振り向く。

「……皆もここ数年、精力が落ちている自覚はないか？　女に言い寄られても断っているだろう。以前なら手当たり次第だったレッサードも、最近は大人しいもんだ」

フォルクスとドルマン以外の面々は戸惑《とまど》いながらも頷《うなず》いた。

「現に昨日の晩も、あんないい女を目の前にしてまったく反応しなかった」

チャドは腕を組み、嘆《なげ》く。

「実は私も一年ほど前から精力の減退に悩んでいて、メルバ婆に薬を処方してもらっている。原因にまったく心当たりがないので、疑問に思って調べていたのだが……」

ドルマンが言葉を引き継いだ。

「昨日、私達の股間がこぞって大人しくなってしまった原因が分かった」

皆の視線が二人に集まる。

「――壁の着色材ぃ？」

四人の声に、ドルマンは頷《うなず》く。

そもそものきっかけは、資材屋が壁材のボラカルとソラン草を間違えたことにあった。執務室に塗られた特殊なオレンジの壁、その色を出すために用いた赤の染料。そう、赤の染料ボラカルと思い込んで土に混ぜ込んだ汁は、実はソラン草のものだったのだ。

「ソラン草は薬草で、その薬効は精力の抑制、減退だ」

皆は唖然《あぜん》とした表情でドルマンを見た。

「メルバ婆曰《いわ》く、壁に塗り込むという前例はないが、気化した成分を毎日浴びるうちに慢性化したのかもしれないと。二年も経つので壁の薬効は抜けている可能性が高いが、念のために壁を剥《は》いで塗り直したほうがいいと言っていた。『朝晩服用するんだ。個人差はあるが徐々に回復するはずだ。一日も欠かしちゃならないよ！』だそうだ。――と、いうわけで」

ドルマンはシメオンのデスクに二つの薬瓶を置いた。

「性欲増幅剤と解毒剤。これから朝晩、皆でこれを服用しましょう。〝天下の獣人王とその側近が不能なんて由々《ゆゆ》しき事態だ〟とメルバ婆がお怒りです」

フォルクスがシメオンに書類を差し出す。

「壁の塗り替え工事の許可書にサインを。ただいま東側の会議室を仮の執務室に改装中です。準備ができ次第、お移りください。お前達も荷物を運ぶのを手伝えよ」

側近達は揃って頷《うなず》く。

「流石《さすが》、フォルクスだな。俺はまったく気付かなかった。面目ないことだ。それにしてもよく原因が分かったな」

フォルクスとドルマンは目を合わせて頷《うなず》き合《あ》うと、シメオンに告げた。

「実は、今回の件の一番の功労者はアナベル姫です」

＊　＊　＊

「姫さん、次はすりこ木《ぎ》ですり潰《つぶ》しておくれ。だまがなくなるまでだよ」

「はーい」

その頃。

アナベルはメルバ婆に薬の作り方を教わっていた。

「しかし、変わってるね。なんでまた薬学を学びたいんだい？　あんたにゃ必要ないだろう。王の側室なんだから」

メルバ婆が乾燥した葉を枝から毟《むし》り取《と》りながらアナベルに訊《たず》ねる。

「シメオン様に番《つがい》が見つかったら城を出ようと思っているのよ。だから、今の内に手に職をつけたいの」

「なんだって⁉」

驚いて声を上げたメルバ婆に、アナベルは苦笑いをした。

「母国は厄介《やっかい》なところでね、私がここにいることは、獣人国にとって利益がないばかりか危険でしかない。まあ、向こうにしたら粗大ごみを引き取ってもらったくらいにしか捉《とら》えてないかもだけど」

「しかし、シメオンは姫さんを一人で放り出すなんて無体なことができる男じゃないよ」

だから、尚更辛《つら》いのだ。彼の優しさに甘んじてしまえば、傍《そば》を離れられなくなる。

アナベルは黙った。

「……あれはいい男だからねぇ」

何かを察したようにメルバ婆は言い、アナベルにザルを差し出す。

「よし、こうなったら、あんたは筋がいいしアタシが弟子に取ってやるよ。いい男も紹介してやる。さあ、それをザルに広げな」

「ありがとう、メルバ婆」

アナベルはザルを受け取った。

獣人国で出会う人は皆、優しい。すっかり涙腺が緩くなった彼女は、涙を堪《こら》えて唇を噛む。

「でも、まあ、どうなるか先のことはまだ分からないよ。あんまり悲観しないことだね」

メルバ婆はシワシワの顔に笑みを浮かべた。

城に戻ったアナベルは、初めて登城した時のように側近達に囲まれた。

「姫さん、ありがとうな！」

「知らない内に大変なことになっていたんだなぁ」

「これで番《つがい》を探せる！」

「先ほど皆で薬を服用しましたよ」

「お役に立ててよかったわ」

笑みを浮かべて頷《うなず》く彼女の手を、フォルクスが取る。

「こちらへ。王が姫様にお礼を申し上げたいそうです」

＊＊＊

シメオンは新しく設《しつら》えられた仮の執務室でアナベルを待っていた。

「アナベル！」

彼女の姿を見ると、立ち上がり駆け寄ってその手を握る。

「フォルクスとドルマンからすべて聞いた。ありがとう！　アナベルは俺達の恩人だ！　それにしても素晴らしい分析力、推理力だ。よく原因を突き止められたな」

アナベルが照れ臭そうに笑った。

「偶然です。最初に異変に気付いたのはフォルクスですし、私はお手伝いをしただけですから」

「レッサードが張り切っておりますよ。盛大なお見合いパーティーを開催するとね」

「そうですか。早く皆に番《つがい》が見つかるといいですね」

シメオンはその言葉を聞き、複雑な気持ちになる。

番《つがい》が見つかれば、アナベルは出ていくと言っていた。

それを思うと積極的に番《つがい》を探す気持ちになれない。

「……昨晩はアナベルにしっぽをブラッシングしてもらえなかったな」

「えっ」

シメオンの呟《つぶや》きを聞きつけたフォルクスが、顎《あご》が外れるかと思うほどあんぐりと口を開く。

「アンタ、姫様にそんなことさせてるんですか！」

驚愕《きょうがく》の面《おも》持《も》ちで問《と》い詰《つ》めるフォルクスを見て、アナベルが焦《あせ》って説明した。

「いや、どちらかというと私が無理やりお願いしてやらせてもらってるのよ！」

「とても気持ちが良いのだ」

誇らしげに胸を張るシメオンを、フォルクスがじっと見つめる。

「……それを聞いたら皆、羨《うらや》ましがるでしょうね」

「じ、じゃ、皆のしっぽもやろうか？」

「駄目だ！」

すかさず叫んだシメオンに、フォルクスとアナベルが注目した。シメオンはどもりながら続ける。

「あれは結構重労働だし、アナベルが疲れてしまう。皆の分をやればオイルがなくなってしまうし」

口を開きかけたアナベルを、フォルクスがそっと制した。

「そういうことなら仕方ないですね。皆には内緒にしておきましょう」

部屋を退出するフォルクスを見送って、アナベルがシメオンを振り返る。

「ブラッシングをお気に召していただけているようで何よりです。シメオン様、今夜はお出掛けのご予定はないのですか？　一緒にお休みできますか？」

「ああ」

「じゃあ、いつもより丁寧にブラッシングします。しっぽと頭皮のマッサージもやってみます？」

シメオンは目を輝かせて頷《うなず》いた。

長い上着の下でしっぽがパタパタ揺れる。

「美容サロンでも経営しようかなぁ」

アナベルは嬉しそうに笑っていた。

シメオンはその様子を眺めながら胸がチクチクと痛むのを感じる。

その言葉の後に続くのは、「この城を出たら」だ。

それはシメオンが彼女の傍《そば》にいない未来の話であった。


その晩。

シメオンはアナベルに耳と頭皮のマッサージを受けた。

「どうですか？」

「うん、気持ちがよい」

シメオンは頭上から聞こえる声に返事する。アナベルは彼の背後で膝立ちしていた。

「ああ、そのようですね。だいぶ分かってきましたよ、シメオン様のことが」

「そうか？」

「機嫌がいいと、しっぽがパタパタするんですよね」

シメオンは照れ臭くなって目を伏せる。

「さあ、これで終了です」

アナベルが背後から這《は》い出《で》てきた。それを名残惜《なごりお》しく感じる。

もっと触れてほしいと思うのは、なぜなのか。

「そういえば、その耳飾り、つけてくださっているのですね」

顔を向けると、アナベルが目を輝かせてシメオンの耳をみつめていた。

「ああ、とても気に入っている」

しかし、彼女は嬉しそうに微笑《ほほえ》んだ後、ふと眉を寄せる。

「でも……いずれお迎えになる王妃様は、よく思われないかもしれませんね。他の女性から贈られたものを身につけているなんて」

シメオンは思わず息を止めた。

「お暇《いとま》する時に返していただいたほうが……」

バッと頭上の耳を押さえ、叫ぶ。

「だっ、駄目だ！」

アナベルはキョトンとし、あはは、と笑った。

「可愛い、シメオン様。そんなに気に入っていただいたなら、そのままお召しください。けれど、私が差し上げたことは内緒で」

人差し指を鼻に当てて悪戯《いたずら》っぽくウィンクするその可愛らしい仕草に目を奪われながら、シメオンはウンウンと頷《うなず》いた。

「アナベル、番《つがい》といってもいつ見つかるか分からない。先のことなど心配せずともよい。それに、お前の面倒は一生引き受けるつもりだ。お前は俺の側室なのだから……」

アナベルは困ったように微笑《ほほえ》んで目を伏せる。

「そういうわけには参りません。王妃様はきっと私の存在をよく思わないはずです。どんなにお心の広い方だとしても、憂《うれ》いは免《まぬが》れないと思うのです」

「アナベルのことも耳飾りのことも、きちんと説明するつもりだ。それでもやはり気にするものなのだろうか」

彼女はシメオンに背中を向けてベッドを下りようとしていた。

「私もそういったことには疎《うと》いのですが、おそらく面白くはないと思います。シメオン様はいかがですか？　たとえば、王妃様が以前の恋人から贈られたものを身につけていたら」

「……想像できないが……大切にしているものを無下に取り上げるのもなぁ」

果たしてこの耳飾りを捨てろ、などと言う女と番《つが》えるだろうか……とシメオンは思う。

アナベルは背中を向けたまま、フフと笑う。

「本当にシメオン様はお優しい。王妃になられる方が羨《うらや》ましいです」

シメオンは彼女の後ろ姿を凝視した。

しっぽがパタパタしそうになって、慌てて抑える。

「アナベル……」

「私もしっぽと耳が欲しいなぁ」

俯《うつむ》く華奢《きゃしゃ》な背中を抱き締めたくなり、手を伸ばす。

しかし指先が届く寸前、アナベルはベッドを下りた。そして、スタスタと自分のベッドに向かう。

シメオンは宙に浮いた手を下ろしてグッと握った。

「変なことを申しました。気にしないでください。……おやすみなさい、シメオン様」

アナベルが布団を被《かぶ》る。

シメオンは暫《しばら》く、その盛り上がった布団から目が離せなかった。

言えない想い

以前、側近達が話していたように、獣人にとって番《つがい》を見つけるのは容易なことではないらしい。

それを助ける目的で行われるのが〝お見合いパーティ〟である。

飲食店などの民間や地方の自治体が開催するものなど多岐に亘《わた》るが、その中で最も大規模なものが王城主催のパーティだ。

全国から参加者を募集し、広大な敷地内で数々のイベントが催《もよお》される。番《つがい》が見つかる確率が高く、豪華な食事もふるまわれるとあって、大勢の獣人が王都にやってくる。それにより、周辺にある商店の収益も上がるというわけで、獣人国にとっては重要な催《もよお》しの一つだ。

そのお見合いパーティーの開催まであと僅《わず》かとなり、城内はにわかに慌ただしくなった。

当日は顔を出すのを控えようと思っているアナベルだが、一人やることもなくぶらぶらしているのは耐え難い。毎日忙しく走り回る皆を黙って見ていることにいたたまれなくなった彼女は、責任者であるレッサードに手伝いを申し出た。

そして今、彼の補佐役として、パーティの準備に奔走《ほんそう》している。

「貸出衣装のほうはバッチリよ」

レッサードが手元の帳面から顔を上げた。

「ありがとうございます。姫様の発案のお陰で、今回のパーティーの出席率は過去最高となる予定ですよ！」

アナベルは彼の嬉しそうな表情に安堵《あんど》する。

招待状は国内の未婚の男女に等しく送られるが、出席率が中々上がらないとレッサードはぼやいていたのだ。城下町から離れた田舎《いなか》からの出席者数が芳《かんば》しくないらしい。

どうも華々しい町に気後《きおく》れして諦める若者が多いようであると。

そこで、アナベルが衣装の貸し出しを提案した。

毎回最新のデザインの衣装を格安で借りられるならば、わざわざあつらえる必要がない。流行遅れを気にする必要もなく、荷物が軽くて済む。

ヘアアレンジのサービスも加えて招待状に追記したところ、予想以上の反応が返ってきた。

「ねえ、姫様。なんとかずっとここにいてもらうことはできませんか？」

レッサードが大きな瞳を潤《うる》ませて懇願《こんがん》する。アナベルは苦笑いで答えた。

「ありがとう、その気持ちは嬉しいけど」

「もし、パーティーで僕に番《つがい》が見つからなかったら、その時は……」

「レッサード、料理長が探していたぞ」

降ってきた声に顔を向けると、チャドが腕を組んで睨《にら》んでいた。

「しまった！　打ち合わせ」

レッサードは慌てて調理場に駆けていく。

「アイツめ、性懲《しょうこ》りもなく。姫さんもほどほどにしとけよ、すっかり甘えちまっていけねぇ」

「だって、私だけ手持《ても》ち無沙汰《ぶさた》なんだもの。当日も裏方をやらせてもらえないかしら」

「姫さんもパーティーに出席すりゃあ、いーだろ」

「そういうわけにはいかないでしょ。シメオン様の番《つがい》がいらっしゃるかもしれないのに。私はなるべく表に出ないほうがいいわ」

チャドが頬をポリポリ掻《か》いた。

「その王に今一つやる気が感じられないんだけどな」

「まだ症状が改善してないのかしら……」

アナベルは心配で眉を寄せる。

「さあな。まあ、王のことは放っておけ。その内、腹を括《くく》るだろ。姫さんも細かいことは気にしねぇでパーティーを楽しめよ。俺が一肌《ひとはだ》脱いでやるからよ」

チャドは長い睫毛《まつげ》に覆《おお》われたタレ目でウィンクした。


書類と格闘しているというシメオンに差し入れをするために、アナベルは仮の執務室に向かっていた。

前方に廊下で立ち話をするドルマンとベアルの姿が目に入り、声を掛けようと口を開きかける。

しかし偶然、話の内容が聞こえてきて、咄嗟《とっさ》に柱の陰に隠れてしまった。

「他の奴らは殆《ほとん》ど回復してるのに、王だけあの調子なのだ」

「番探《つがいさが》しに全然乗り気じゃない上に飲みに誘っても乗ってこないって、チャドがぼやいていたな」

「この調子じゃパーティーでも碌《ろく》な成果を期待できない。故郷に帰る度に古参連中に突っつかれるのだ。王に番《つがい》はまだ見つからぬのか、跡継ぎはどうするのだ、と。煩《うるさ》くてかなわん」

「パーティーの出席者の中から王好みの女を探してあてがうか。久しぶりに女を抱けば、気が変わるかもしれんな」

「そうだなぁ、いっそのこと媚薬《びやく》でも盛るか」

アナベルは身を竦《すく》めた。

(媚薬《びやく》ですって！)

やがて二人は話しながら廊下の向こうに消える。

アナベルは柱の陰から出たが、先ほどの話が頭から離れない。ふと窓の外を見た。

一年中温暖なこの国は、常に豊かな緑に包まれている。寒さ暑さがはっきり切り替わる母国とはまるで違う。

変化のない穏やかな毎日に流されるまま、皆の優しさに甘えて生活してきたが、獣人の国に来てからもう数ヶ月が経とうとしていた。

それに気が付き、アナベルは目を伏せる。

(この場所を離れたくない。皆の、シメオン様の傍《そば》にいたい)

美しく優秀で可愛らしい一面を持つシメオンに、彼女はどうしようもなく惹《ひ》かれていた。

しかし、この溢《あふ》れる想いは邪魔なだけだ。

だって、アナベルは人間だから。

番《つがい》として子を産むこともできない。形ばかりの側室がどれだけ想っても、実ることはないのだ。

それでも、シメオンのためにできることはないかと、アナベルはいつも模索している。

積極的に番《つがい》を探すシメオンの姿なんて、本当は見たくない。

番《つがい》を見つけて、その存在に虜《とりこ》になる場面など見たくなかった。

きっと、胸が潰《つぶ》れそうになるに違いない。

想像するだけで呼吸が止まりそうになるのだから……

それでも、想いを遂《と》げられないなら、せめて役に立ちたかった。

いずれは離れなくてはならないのだから、貰《もら》った優しさを少しでも返したい。

アナベルは切なく疼《うず》く胸を押さえながら、決意を新たにするのだった。


執務室をノックして、アナベルはドアから顔を出した。

シメオンはデスクに座り、山積みになった書類を捌《さば》いている。

「シメオン様」

そっと声を掛けると、彼は顔を上げた。

「休憩されませんか？　パーティーの手伝いからお暇《ひま》を言い渡されたので、お付き合いいただけると嬉しいのですが」

「ああ、そうだな。俺も少し根を詰《つ》めすぎた」

アナベルはお茶の用意する。

「フォルクスからお団子を貰《もら》ったので一緒に食べましょう」

大きな葉っぱにくるまれた包みを指差す。

シメオンは頷《うなず》いてソファに腰掛けた。アナベルもお茶をテーブルに置いた後、隣に座る。

「お忙しいようですね」

「パーティーの準備に人が取られるからな、どうしても書類が溜まってしまう」

「お手伝いできることはありますか？」

シメオンは少し考えた後に答えた。

「では、書類の分類をお願いしようかな」

アナベルは喜ぶ。

「過労は精力減退の要因になると言いますからね、あまり根を詰《つ》めすぎないようにお気を付けください。皆が心配しておりました。パーティーまでは私もできるだけ協力します」

すると、なぜかシメオンは黙り込んでしまった。アナベルは彼の顔色を窺《うかが》う。

「シメオン様、お団子はお好きではなかったですか？」

「アナベルは俺にそんなに番《つがい》を見つけてほしいのか」

虚をつかれて、一瞬、言葉に詰《つ》まった。

「え、あの、でも、早く王妃様を迎えてほしいと皆が思って……」

シメオンがアナベルの腕を掴んだ。アナベルはハッとして彼を見る。

鼻の付け根にシワを寄せ、アナベルを睨《にら》むシメオン。長い前髪の向こうにある瞳には初めて見る光が宿っていた。

アナベルは動けない。

「何を心配しているのか知らないが、体調は申し分ない」

「で、出すぎたことを申しました」

どうにか声を絞り出す。

「証明してみるか？　以前してみせたように誘惑してみるがいい」

ワンピースの襟元《えりもと》に指を掛けられ、アナベルはビクリと震えた。

「そ、その節は無礼な真似をいたしました。お許しください」

「謝罪など聞きたくない。俺を誘ってみろと言っている」

有無を言わさぬ口調に、呼吸が浅くなる。命令に抗《あらが》えず、ワンピースのボタンを外そうと手をやった。

しかし、指が震えて上手《うま》くいかない。指先が滑って布を掠《かす》めるばかりだ。

その内、視界がぼやけてきた。

ポトリと雫《しずく》が膝《ひざ》に落ち、黒い染みを作る。

アナベルはまさか自分が泣いているなどとは思わなかった。

クソ王に蹴られた時だって、ヒステリックな家庭教師に平手打ちされた時だって、涙の一つも出やしなかったのに。

優しいシメオンを怒らせてしまったことが辛《つら》い、何より……

シメオンがアナベルの涙に気付き、息を呑んだ。そっとその瞼《まぶた》の下に指を伸ばして涙を掬《すく》う。

「アナベル……すまない、怖がらせてしまった」

いつもの優しい声を聞いて、アナベルの涙は止まるどころか決壊した。

シメオンはおろおろしている。しっぽはしなだれてソファの下に落ちていた。

なのに、止めようと思っても涙が止まらない。

「うー、すっ、すみません、でもっ、お願いですから、シメオン様っ、嫌わないでくださいぃ」

その途端、シメオンにぎゅっと抱き締められる。

「何を言う！　嫌うわけがない！」

「シメオン様には、嫌われたくないですぅ」

「大丈夫だから、アナベル」

あやすように背中を撫《な》でてくれるシメオンに、アナベルは身体を預けた。

本当はシメオンの傍《そば》で暮らす日々を失いたくない。優しい眼差《まなざ》しを失いたくない。

いつかは自ら手放さなければならないとしても、拒否されたくはなかった。

「ずっと、この城で、俺の傍《そば》で暮らせばよいのだ」

それは叶わない。

だけど、シメオンが嘘偽《うそいつわ》りない気持ちでそう言ってくれていることは分かる。

それで充分だ。

シメオンが身体を離し、アナベルの濡れた頬をペロリと舐《な》めた。

アナベルはされるがままになる。

いつもなら驚いて飛《と》び退《の》くだろうその行為も、心地好さが勝る。

獣人は涙を舐《な》めるものなのだな……などと、ボウッとする頭で考えていた。

瞼《まぶた》の縁《ふち》から顎《あご》の先まで、滑《なめ》らかで温かい舌が撫《な》でていく。

そして、唇も。

伏せた長い睫《まつ》毛《げ》がすぐ傍《そば》にある。

シメオンがアナベルの後頭部に手を回した。唇を舐《な》め上《あ》げられ、アナベルは震える。

ふいに赤い舌を出したシメオンと目が合った。

「アナベル……」

囁《ささや》かれた甘い響きに胸が高鳴る。

吸い寄せられるように唇が重なり、それからは夢心地だった。

ちゅ、ちゅと何度も重ねられる柔らかい唇の感触、湧き上がる幸福感に包まれ、アナベルは我を忘れる。

「シメオン様」

ノックの音と共に聞こえた声に、アナベルは弾《はじ》かれたように身体を離した。

「なんだ」

シメオンはアナベルの背中に腕を回したまま答える。

「バッドが戻りました。報告したいことがあると申しております」

「分かった。今行く」

彼はアナベルの頭を撫《な》でて部屋を出ていった。

部屋に一人残されたアナベルは顔を覆《おお》う。

（なんだ、何が起こった？　いや、今、私ってばガッツリ、シメオン様と口付けを交わしていたよね）

上体を倒して、火照《ほて》る顔を膝《ひざ》に押し付ける。

（いや、ちょっと待て。もしかしたら獣人にとっては口付けとは、慰《なぐさ》める時やあやす時にするものなのかも）

そうでもなければ、シメオンが自分に口付けする理由がない。

アナベルは少し冷静になった。

（そりゃそうよね、私は獣人でも番《つがい》でもないんだから）

そこで膝《ひざ》を抱える。

それでも、夢のような時間だった。

シメオンにそんなつもりはなくても、アナベルにとっては心を寄せる相手と交わした蕩《とろ》けるような甘いひとときだ。

触れたのは唇だけなのに、全身が熱っぽく疼《うず》いている。

アナベルは唇に触れ、切ない溜め息をつく。

（ああ、なんて罪作りなお方なのだろう。こんなことをされては恋情が募《つの》るばかりだ）

それでも、やはり、お荷物にはなれない。

顔を上げて深呼吸をする。

この先、シメオンほどの人に巡り会えることなどないだろう。

それでも、この思い出があれば一生一人でも生きていける気がした。

＊　＊　＊

シメオンは気を抜けばふわふわとする足元を懸命に踏み締めていた。

嫌いにならないでと泣くアナベルが愛しくて、つい舐《な》め回《まわ》し、口付けしてしまった。

あのような衝動に駆られるなど、初めてのことだ。

（……しかし……甘かった）

アナベルの頬も唇も蕩《とろ》けるように甘かった。

もっと味わいたくて、唇の隙間から舌を捩《ね》じ込《こ》もうとしたその寸前に、ノックの音がしたのだ。

（どうかしている）

シメオンは熱く火照《ほて》る額《ひたい》に手をあてる。

一息置いて部屋に入ると、全身黒ずくめの小柄な男が片膝立ちで待っていた。

「主《あるじ》におかれましてはお変わりなくご活躍のこと、お喜び申し上げます」

「相変わらずだな、そんな堅苦しい挨拶《あいさつ》はよいと言っておるのに」

男は顔を上げる。黒髪の隙間から小さな耳が見えた。

バッドという名のこの男は、優秀な密偵だ。

「しかし、相変わらずの美丈夫ぶりですな。あとは番《つがい》を見つけるだけだ」

シメオンは眉を顰《ひそ》める。

「またお前まで自分のことは棚に上げて……。まあ、いい。頼んであった件だな、どうだった？」

「側室様のお国では内乱が勃発《ぼっぱつ》しております。近隣国の後ろ楯を得た国民軍を率いているのは、かつての第五王子。死んだと見せかけて、現国王を討つための好機を待っていたようです」

「そうか」

シメオンは複雑な心境になる。

アナベルの予想した通りになりつつあるようだ。辛《つら》い思い出ばかりとはいえ、生まれ育った国に変わりない。虐《しいた》げられる生活の中でも心の優しさを失わずにいた彼女がこの事実を聞けば、国民達が更に傷付くと心を痛めるに違いなかった。

「アナベルは残された姉妹を心配していたな」

「第五王子の標的は王と大臣らに限られているようです。王権を奪えば、姉妹を保護することは間違いないと思われます」

「お前はどう思う？」

バッドは淀《よど》みなく答えた。

「現王は敗れます。時間の問題でしょう」

引き続き動向を探《さぐ》るように命じ、シメオンは執務室に帰る。

母国のことはまだアナベルには話さないほうがいいと判断した。

バッドの読みを信じるなら、近い内に決着するはずだ。続報を待ってからでも充分だろう。

そして、扉の前ではたと静止する。

アナベルはどうしているだろう。

あんな真似をした後で置き去りにしてしまったのだ。気まずくて部屋を出ていってしまったかもしれない。

しかし、言い訳が思い付かなかった。

……溢《あふ》れる想いのままにした行為だ。

シメオンは恐る恐る扉を開く。

「あっ、シメオン様お帰りなさい」

予想外に明るい声が飛んできて、シメオンは面食らった。

「書類を分類してみたのですが、確認していただけますか」

「あ、ああ」

小分けにされた書類の山を見る。

傍《そば》に立つアナベルからふわりと甘い香りがして、頭がクラクラした。

「よく分類されている。これなら効率的に処理できそうだ」

そう答えると、彼女は嬉しそうに笑う。

「こっちの山もやっちゃいますね」

「ああ、頼む。あの、アナベル、先ほどは――」

「すみません！」

彼女が突然に頭を下げ、シメオンは言葉を呑んだ。

「滅多に泣かないのですが、お恥ずかしい。シメオン様に気を遣わせてしまって申し訳ないです。もう大丈夫ですし、きっちり反省しました。今後は言動にも気を付けます！」

「え、いや、あの、そうか」

結局、口付けのことはうやむやになったまま。

シメオンは諦めてデスクの前に座った。そっとアナベルを盗み見る。

文面を見るその真剣な眼差《まなざ》し、書類を分けるその細い指先に、胸がざわめく。

安堵《あんど》と落胆、その間でシメオンの気持ちは揺れ動いていた。


「――持ってきたオイルが残り少なくなったので、メルバ婆に協力してもらってこの国の材料で作ってみたんです。どうですか？」

アナベルがシメオンの鼻先に自らの頭を差し出した。

昼間のことなどまったく気にしていないかのように警戒心の欠片《かけら》もなく近付いてくる彼女に、シメオンは半ば呆《あき》れながらも、その小さな頭の香りをクンクンと嗅《か》ぐ。

「うん、中々いい。少々柑橘《かんきつ》の匂いがする」

「分かりますか!?　蜜柑《みかん》の花弁を調合したんです」

アナベルが顔を上げた。

その近い距離に改めて気付き、シメオンは息を詰《つ》める。

「蜜柑《みかん》の花は初めて見たんですが、とってもいい匂いですね。大好きになりました」

「俺もあれの匂いは好きだな」

「それならよかった！」

アナベルがシメオンのしっぽにいつも通りブラシをかける。

「メルバ婆とすっかり仲良くなったようだな」

「私の師匠です。薬学のみならず、この国のことも沢山《たくさん》教えてもらいました」

話を聞きながら、夜着から伸びる白く細い手がしっぽに添えられるのを、シメオンはじっと見入った。

あの手でもっと触れてほしい。あの指を舐《な》めてしゃぶったら、どんなだろう。

不埒《ふらち》な想像が止まらない。

「終わりました」

シメオンは思わずアナベルの手を掴む。

まだ、離れないでほしい。

「シメオン様？」

「……お休みの口付けを」

アナベルはポカンとしてシメオンを見たのち、頬を染めて視線を逸《そ》らす。

「あのぅ、昼間のあれもそうですが、獣人にとっての口付けは、その……親愛の意味合いが強いのですか？　私の国ではそうでもなかったので」

シメオンは卑怯にもその言葉に便乗した。

「まあ、そうだな。家族や友人同士では挨拶《あいさつ》代わりに交わす。親しい者同士では当たり前の行為だ」

「そ、そうなのですか」

「両親は遠方で隠居しているし、妹も嫁《とつ》いでしまったからな。今、アナベルが俺の一番近い距離にいるのだ。家族も同然だ」

アナベルは目を大きくし、更に潤《うる》ませてシメオンを見る。

「シメオン様、ありがたきお言葉です」

深呼吸をした彼女が意を決したように声を上げた。

「ではっ」

ベッドの上で膝立になり、シメオンの肩に手を掛ける。

シメオンはその身体から漂《ただよ》う香りにうっとりと目を細めた。

自分のしっぽと同じはずなのに、なぜ、彼女はこんなに甘く薫《かお》るのだろう。

灰色のさらさらの髪がシメオンの頬を掠《かす》めた。

唇に柔らかい感触が触れ、そっと離れる。

シメオンはアナベルの腰に手を回して引き止める。

「アナベル、そうではない。昼間と同じようにしてくれ」

アナベルは真っ赤になって戸惑《とまど》った。

「ふ、不慣れで申し訳ありません」

「仕方がない。俺が教えてやろう」

シメオンは彼女の紅の唇を己の唇で食《は》んだ。

アナベルは身体を強張《こわば》らせていたが、優しく唇で愛撫《あいぶ》する内にその身から徐々に力を抜いていく。

瞼《まぶた》を伏せて蕩《とろ》けていくエメラルドの瞳を、シメオンは見ていた。

自分の唇で熱を帯《お》びていく華奢《きゃしゃ》な身体を感じて、昂《たかぶ》っていく。

はぁ……、とアナベルが熱い吐息を漏らした。

「シメオン様、もう……」

「もう終わりか？」

鼻を重ねたまま訊《たず》ねると、彼女は小さく頷《うなず》く。

「すみません。逆上《のぼ》せそうです」

「……そうか。残念だが、今夜はここまでとしよう。ゆっくり慣れていけばいい」

耳元で囁《ささや》いた直後、アナベルは身を竦《すく》めた。

＊＊＊

アナベルを取り上げられたレッサードは膨れていた。

「酷《ひど》いよ。姫様はとても優秀だったんだ。機転は利くし、よく動いてくれるし」

「仮にも王の側室だぞ。助手に使う奴があるか」

フォルクスがレッサードを叱《しか》る。

「ねえ、姫様は王に番《つがい》が見つかったら出ていってしまうんだろう？　僕は嫌だな、寂しいよ」

「国内には残るおつもりだろう。メルバ婆さんに弟子入りしているようだし」

ドルマンが口を出す。

「なあ、姫さんが………人間が番《つがい》だってことはないのか」

皆が声の主を振り向いた。チャドが真剣な表情で続ける。

「最近の姫さんに対する王の様子を見ているとなぁ、あれは普通じゃない気がしてよ」

そんなわけない！　とレッサードは不満げに口を尖らせたが、それ以外の三人は思うところがあるのか、黙り込む。

そこへ執務室から戻ったベアルがノシノシと近付いてくる。

「おい、王と姫さんが変だぞ。さっき、部屋へ行ったらな、王は姫さんの髪をこう指でくるくるしてて、姫さんは王のしっぽを撫《な》でてるんだ。それで二人並んで仕事してるんだぜ」

側近達は顔を見合わせた。

＊　＊　＊

パーティーまであと二日と迫った夕方のこと。

再びバッドが戻った。アナベルの母国の続報を持ち帰ったのだ。

反乱軍が王宮を制圧し、王と大臣らは身柄を拘束され、牢に入れられたらしい。第五王子は新しい君主として名乗りを挙げた。それまで圧政に苦しんでいた国民にも、概《おおむ》ね受け入れられているとのことだ。

「ご姉妹から側室様にお手紙を預かって参りました」

シメオンは驚く。

「接触したのか？」

バッドは胸を張る。

「私を誰と心得て？　主《あるじ》が側室様のために私を遣わされたのですから、その意を汲《く》んで期待以上の働きをしてみせます」

シメオンは手紙を受け取った。

「主《あるじ》は側室様を大切に思っておられるようですね。美しく聡明なお方だそうで。できればいずれ、直接お目通り願いたいものです」

バッドはそう言い残し、窓から姿を消した。

手紙を携《たずさ》えて寝室へ向かう途中、シメオンはチャドと廊下で遭遇する。彼は口元に手をやり、クイッと動かして見せた。

「よう、無理を承知で誘ってみるけど、一杯いかねえ？」

「やめておく。これからアナベルに大事な用がある」

「そんなに姫さんの傍《そば》は居心地がいいのかね」

「用事があると言っている」

シメオンはムッとして言い返す。

「まあ、パーティー当日はもう少しやる気を見せてくれよ。とっておきの美女を用意しとくからよ」

そのしかめ面に苦笑いしてチャドが去っていく。

シメオンは溜め息をついた。

番《つがい》など見つからなければいいとまで思っている。そんな自分に、一番戸惑《とまど》っていた。

今やシメオンにとってアナベルの存在はなくてはならないものになっている。彼女を失えば、自分でもどうなるか分からない。その喪失感を想像するだけで、呼吸が止まりそうになる。

しかしそれは、獣人国の君主としては許されない感情だ。

シメオンは、番《つがい》の意味さえ見出だせなくなっている。

寝室の扉を開けると、いつものようにアナベルが笑顔で出迎えてくれた。その当たり前になりつつある光景に、胸が締め付けられる。抱き締めたくなるほどの狂おしい想いを振り払い、シメオンは懐《ふところ》から手紙を取り出し、手渡した。

母国に起きたことを説明する間、彼女は神妙な表情を浮かべる。

「……そうですか。五番目の兄が……、確かに諦観している王子達の中では唯一、気概を感じられる人物でした。よかったです」

「国民への被害もさほどではないと聞いている」

そこで彼女は顔を上げた。

「調べてくださっていたのですね。ご配慮、感謝いたします。その上、手紙まで……」

「うちの密偵は優秀なのだ」

手紙を大事そうにナイトテーブルの上に置く。

「読まないのか？」

「後で読ませていただきます。まずはシメオン様のしっぽを感謝を込めてブラッシングさせてください」

そしてシメオンをベッドに促《うなが》した。シメオンはベッドに腰掛ける。

その隣に腰掛け、彼のしっぽを膝《ひざ》に乗せたアナベルは、ブラシで丁寧にすき始めた。

「これで暴政は終わります。兄なら国民の視点に立った王政を築《きず》けるでしょう」

「今回の反乱には、王女達が嫁《とつ》いだ先の国々も多く協力したらしいな」

「姉達は皆、国の行く末を憂《うれ》いておりましたから」

「我が国も要請があれば協力するつもりだ」

アナベルは首を横に振る。

「獣人国は極力、人間の国に深入りしないほうがいいと思います。人間は基本的にずる賢くて貪欲《どんよく》です。この国の獣人は皆、善良で満ち足りています。この美しい国に人間を踏み込ませてはなりません」

「しかし、アナベルは違う」

彼女はブラシを置いた。

「どうでしょう。シメオン様は私を買《か》い被《かぶ》っておられるだけかもしれませんよ」

シメオンはアナベルの手を取る。

「お休みの口付けにすら、未だに恥じらうアナベルが？」

抱き上げて膝《ひざ》に乗せ、恥ずかしそうに見上げる彼女の顎《あご》に手を添えて唇を重ねた。

毎晩交わす口付けは、日毎に甘さを増していく。

それでも、シメオンは舌を入れるのは思い留まっていた。

アナベルの口内を味わい、甘い唾液を吸ってしまえば、きっと止まれない。

それに、それをすれば流石《さすが》に気付かれるだろう。

この口付けが親愛だけを表すものではないことに。

もし、それをしてアナベルに拒否されたら……

想像するだけで胸が痛む。

なぜ、こんなに臆病になってしまうのか。

シメオンはアナベルを味わいながら切ない想いに胸を焦《こ》がしていた。

＊＊＊

シメオンが眠ってしまったのを確かめると、アナベルはランプを提《さ》げてそっとベランダへ出た。

ベランダの手摺《てすり》にランプを掛け、藤つるで編んだソファに座って手紙を広げる。

内容は概《おおむ》ねシメオンが話してくれた通りだった。

しかし、最後の数行を読んで夜の空を見上げ、大きく息を吐く。

兄がアナベルの手助けを望んでいること、姉と妹も戻ってきてほしいと願っていること。それが書いてある。

きっと姉妹は誤解しているのだ。無理やり嫁《とつ》がされた獣人国でアナベルが苦労していると思っているのだろう。

シメオンの深く温かい庇護《ひご》のもとで、こんなにも幸せに暮らしているのに。

……それでも、もうすぐこの暮らしを終わらせないといけない。

アナベル自らが言い出したことだ。

前王政は滅びた。

シメオンの番《つがい》が明後日のパーティーで見つかるかもしれない。

そうなれば、アナベルはこの国にとって不要な存在になる。

アナベルには、番《つがい》に出会い、夢中になるシメオンを間近で見る勇気などなかった。

とても耐えられそうにない。

毎晩交わされる親愛の口付けに、シメオンへの恋慕《れんぼ》が募《つの》る一方なのだから。

ここで断ち切らないとならない。

アナベルは膝《ひざ》を抱え、嗚咽《おえつ》を堪《こら》えた。

初めての恋だ。

一生自分には縁のないものと諦めていた。

辛《つら》くて切なくても、それを与えてくれたシメオンに心から感謝をしている。

(シメオン様の足枷《あしかせ》になりたくない。大好きだから、幸せになってほしい)

アナベルは夜着を涙で濡らした。夜でもなお暖かい風が髪を揺らす。

何処《どこ》までも優しい獣人の国に、アナベルは更に泣いた。


パーティー当日。

気が乗らなといった態度のシメオンの背中を叩き、側近達が引きずっていく。アナベルはその背中を見送った。

一人残ったチャドが彼女を手招きする。

「姫さんに俺からの贈り物がある」

彼が背中から取り出したものを見て、アナベルは驚き、その顔を見上げた。

「これでパーティーに紛《まぎ》れ込《こ》みな。だけど、おかしな男に捕まっちゃ駄目だぜ、俺が王に殺されちまう」

チャドは片目を瞑《つむ》る。

軽快な音楽と賑やかなざわめきが窓の外から聞こえてきた。城の広間と園庭が解放され、色とりどりのランプで照らされている。

パーティーは夜半過ぎまで行われるらしい。

アナベルはこっそり荷造りを済ませ、寝室から運び出す。外に出て、ひっそりと静まりかえる裏門の脇の植え込みに、それを隠した。

ワンピースを叩いて葉っぱを払うと、賑やかな会場に向かう。

そして、頭上とお尻についているものを確かめた。

チャドから贈られたのは、付け耳としっぽだ。

ベージュのモフモフの立耳はカチューシャになっていて、同じ色のしっぽにはベルトがついている。アナベルは下着の上からそれを着けて、ワンピースの一部にしっぽを出すために切り込みを入れた。

鏡を見ながら左右に身体を捻《ねじ》り、じっくり眺めてみる。

本当に獣人になれたようで心が湧《わ》き立《た》つ。

できればシメオンにも見てもらいたかったが……

アナベルはシメオンには会わずに、今夜、パーティーに紛《まぎ》れて獣人国を去るつもりでいた。

メルバ婆に託す予定の手紙も用意してある。

アナベルは園庭に足を踏み入れた。

シメオンは広間の王座に座ったきりのはずだ。園庭からは確かめようがないが、パーティーの様子をぼんやり眺めて酒を食らっているだけだ、と先ほどドルマンがぼやいていた。

ふと、ベアルとドルマンの会話を思い出す。

『王好みの女性をあてがう、媚薬《びやく》を盛って……』

胸がきゅっと痛む。

もしかしたら、もうその準備はできているのかもしれない。

(だとしても、私にはどうする権利もない。協力できないのなら見て見ぬふりをするしかない)

アナベルは気を取り直してパーティーを楽しむことにした。

レッサードを始め、皆が骨を折って準備したお祭りだ。チャドの心遣いも無駄にしたくはない。

(まずは腹ごしらえだな)

ここを出たら暫《しばら》くは野宿になる。

(食糧は道すがら仕留めるつもりだが、狩りの獲物が常に捕まるとは限らない。今の内に鱈腹《たらふく》、美味《おい》しいものを食べておこう)

そうして、お皿に料理を取っていると、獣人の若者に声を掛けられた。

「よろしければ一曲踊っていただけませんか」

アナベルは面食らったが、園庭でなら、と了承する。その後も誘われるまま数人と踊った。

「姫様！」

そうしている内に、レッサードが何処《どこ》からか駆け寄ってくる。

「チャドから聞いて探していたんですよ。僕とも一曲踊ってください」

「私を探さずに、番《つがい》を探したほうがよいんじゃない？」

アナベルが笑うと、レッサードはつんと顎《あご》を上げた。

「僕は焦《あせ》ってませんから。若いし、まだまだ遊びたいんです」

そんなこと自慢げに言うことじゃないだろう、と内心突っ込みながらも彼の手を取る。

その後、レッサードを皮切りに、他の側近達も次々にアナベルのもとへ現れた。

「姫さんはやっぱりちっせえな」

「ベアルからしたら殆《ほとん》ど皆小さいわよ。私はこれでも人間の女にしては身長が高いほうよ。ダンスの練習では、ずっと男役をやらされてたんだから」

へえ～と、ベアルは驚く。

「ドルマンは番《つがい》のほうはどう？　見付かりそう？」

「今のところはまだ……姫様のように聡明な女性がいいのですが」

「その調子で頑張って口説きなよ」

ドルマンは眉を下げて頭を掻《か》いた。

名残惜《なごりお》しそうに去る彼の背中を見送っていると、背後からまた声をかけられる。振り向くと、いつものように人懐こい笑みを浮かべたチャドが立っていた。

「姫さんよく似合ってる。流石《さすが》、俺の見立て」

「ありがとう、チャド。お陰で楽しんでるわ」

「それに比較して王の不甲斐《ふがい》ないこと。なあ、一曲踊ってやってくれよ。姫さんの誘いなら断らないはずだぜ？」

アナベルは笑って誤魔化《ごまか》す。

流石《さすが》に踊り疲れてベンチに座って休んでいると、今度はフォルクスが現れた。

「楽しんでおられたようですね」

「ダンスもご馳走《ちそう》も最高よ」

「ところがですね……王が姿を消しまして」

「シメオン様が⁉」

彼は顔に手をあてて嘆《なげ》く。

「目を離した隙に逃げられました」

ベアルとドルマンが手分けして捜していると言う。

「かなりお酒を召されていたので、何処《どこ》かで倒れてないといいのですが……申し訳ありませんが、姫様も捜していただけませんか？」

「えっ」

アナベルは迷ったが、シメオンのことは心配だ。

「分かったわ」

頷《うなず》いて、腰を上げた。

途中でドルマンとベアルに会ったので、情報を交換し合う。

「この階にはいませんでした」

「園庭にもいらっしゃらないみたいよ。外に出た形跡もないから、お城の中の何処《どこ》かだと思うのだけど」

「困ったよな。金髪巻き毛の美女に頼んで待機してもらってんだぞ」

ドルマンがベアルの腹に肘鉄《ひじてつ》を食らわせた。

「姫様、気にしないでください。……でも見つけたら教えていただけますか」

「それに、あれも飲ませちまったぞ」

ベアルがのんびり言う。

「えっ!? なんてことをしてくれたんだ、お前」

ドルマンは焦《あせ》り始めた。

「それは、一刻も早く見つけないと！」

慌ててベアルを引っ張っていってしまう。

（あれって……もしかして……例の媚薬《びやく》!?）

アナベルは青ざめた。

とにかく見つけたら応援を呼ぼう。

階段を駆け上がり、一部屋ずつランプで照らしながら確認していく。執務室は流石《さすが》にもう調べただろうと思ったが、念のためにノブを回す。重要書類がある場所だから、無人の場合は施錠されているはずだ。

しかし、予想に反して扉は開いた。

アナベルはそっとランプを翳《かざ》す。

「シメオン様、いらっしゃいますか」

小声で呼んでみた。

ガタッと音がして、その後、鋭い声が飛んでくる。

「誰だ、何処《どこ》から入った」

縮み上がったアナベルはランプを落としそうになった。

「扉を閉めて壁に手をつけろ」

「シ、シメオン様、わ——」

「言う通りにしろ」

仕方なく扉を閉めてランプを足元に置き、壁に手をつく。

背後から気配がした。

「女か……ドルマンに言われて来たか？」

「シメオンさ——」

「それとも、別の目的か？」

ランプの灯りは頼りないが、アナベルの姿は見えるはずだ。なぜ気付いてくれないのだろう。

暫《しば》しの後、アナベルは思い当たる。

（………しっぽと耳だ！）

「シメオン様、この耳としっぽは……！」

うっかり振り向いてしまった彼女は、いつの間にか気配を消して近付いていたシメオンに両手を拘束されて壁に押し付けられた。

「動くな」

背後からビリビリする威圧を感じ、アナベルは汗を滲《にじ》ませる。

「シ、シメオン様、ア、アナベルです。よく見て……」

「アナベルの名を騙《かた》るとは、ますますお前は何者だ？　確かによく似ているようだが、アナベルは人間だ」

「付け耳なんです！」

「は？」

「しっぽも、チャドが用意してくれたんです！」

シメオンはアナベルの髪に鼻を付け、クンクンと匂いを嗅《か》ぐ。

「アナベル……何をしてるんだ？」

漸《よう》く手を解放された彼女は、振り向いてランプに照らされるシメオンの顔を見上げた。

「何をしてるかって聞きたいのは、私のほうですよ。突然消えてしまったので、皆捜していますよ。

さあ、戻りましょう」

シメオンの手首を掴んだが、彼は動かない。

「俺は戻らない。ここにいる」

アナベルは焦《あせ》る。

シメオンは媚薬《びやく》を飲まされているかもしれないのだ、どうにかしないといけない。

「分かりました。じゃあ、皆にそう伝えます」

皆を呼びに部屋を出ようとした彼女は、後ろから抱き締められて息を止めた。

「行くな、アナベル」

「で、でも……」

「その耳としっぽをつけてパーティーに出ていたのか」

「えっ？　はい」

「誰かに誘われたのか？」

「は、はい、まあ、数人の方と踊りましたが……」

そこでアナベルを抱く手に力が籠《こも》る。

「お前は俺の側室だぞ」

アナベルは肝が冷えた。

「す、すみません」

「俺はお前が傍《そば》にいないない退屈な時間に耐えていたというのに」

シメオンの様子がおかしい。

これは酔っているせいか、それとも……

「シメオン様、沢山《たくさん》お酒を召されたとか。お水を飲まれますか？」

「いらない」

「で、でも……」

「酒は沢山《たくさん》飲んだが、酔いは殆《ほとん》ど覚めている。気分も……今は悪くはない」

シメオンが腕を緩め、アナベルの腰を持ってくるりと回した。

「ふうん？」

小首を傾《かし》げてマジマジと見つめる。

「そうしていると、本当に獣人のようだな」

その時、窓の外から大きな音がした。アナベルはビクリと肩を震わせてシメオンの腕に掴まる。

彼は窓の外へ顔を向けた。

「ああ、始まったか」

窓の向こうが明るく照らされ、色とりどりの光が飛び散る。

驚いたアナベルはシメオンに訊《たず》ねた。

「シメオン様、あれはなんですか！」

「花火だ」

シメオンがクスクス笑いながら答える。

「花火！」

彼女は窓に駆け寄った。

「綺麗！」

大音量の打ち上げ音と共に花火が次々と空に放たれる。

「すごいですね、シメオン様」

「アナベルは花火は初めてか」

「はい！」

「王城で催《もよお》されるパーティーの目玉だからな」

いつの間にかシメオンに肩を抱かれ、アナベルはその胸に寄り添う。そっと、彼の顔を見上げた。

目を細め口許に笑みを浮かべて窓の外を眺めている端整な横顔が目に入る。

(よかった。シメオン様はいつも通りだわ)

幻想的な光景のせいだろうか。別れの時が迫っているというのに、アナベルの気持ちは穏やかだ。

(この時間が永遠に続けばいいのに)

しかし、窓の外は再び静かな闇に戻った。微《かす》かに月明かりが差し込むのみとなる。

花火は終わったのだ。

「シメオン様、やはり皆に知らせてきます。まだ捜していると思うので」

アナベルはそっとシメオンから離れた。

しかし、手を掴まれ胸に抱き込まれる。

「行くなと言っている」

「シメオン様、また戻ってきます」

「駄目だ」

シメオンがアナベルの頬を両手で挟み、その唇に口付けた。

「シメオン様、眠いのですか？」

「いや」

「お休みの口付けでは」

「違う」

アナベルはシメオンのアメジストの瞳を見る。

月明かりが薄ぼんやりと照らすその中に、燃える炎を見た気がして息を呑んだ。

「シメオン様、いけません」

「何がだ？」

彼はアナベルと鼻を重ねたまま訊《たず》ねる。

「俺が親愛の意味でずっとお前に口付けていたと思っていたか」

アナベルは目を見開いた。シメオンが唇を擦《こす》り付《つ》ける。

「毎晩、騙《だま》してお前を味わっていた。でも、もう限界だ」

そして、唇の隙間に舌を滑り込ませてきた。

胸を押すが、彼はびくともしない。

それどころか後頭部を固定され、もう一方の手で腰を引き寄せられた。

アナベルの口内をシメオンの舌が舐《な》め回《まわ》す。

アナベルは苦しくて喘《あえ》いだ。

シメオンの舌が舌を捕らえ、激しく絡める。ペチャペチャと音が鳴り、口の端から唾液が垂れた。

「んぐっ、ふ、やぁ」

一旦唇を離したシメオンは自らの唇を舐《な》めた後、アナベルの口の端から伝う唾液を舐《な》め取《と》った。

「あ、シメオンさ、ま、私は、人間ですよ」

「それがどうした。構うものか」

そして、アナベルの首に噛みつく。

「あっ」

「ああ、甘い香りだアナベル。お前の匂い……堪《たま》らない」

アナベルは思い至った。

媚薬《びやく》だ。

媚薬《びやく》でシメオンは一時的に欲情しているのだ。

シメオンの手がアナベルの脇の下から腰をたどる。

「お前が欲しい」

熱く囁《ささや》かれる声に震えが走った。

余裕のないシメオンの荒い息遣いが、アナベルの胸を高鳴らせる。

媚薬《びやく》に侵された身体は行為をしないと鎮《しず》まらないと聞く。アナベルが拒めば、シメオンはどうするのだろう。

熱い身体をもてあまし、苦しむのだろうか。誰か獣人の女性を抱くのだろうか。

……それならいっそこの身を差し出そう。

大好きなシメオンの役に立てるなら本望だ。

ただ、優しいシメオンが後で気に病むことだけが気掛かりだった。

それなら――

「シメオン様」

アナベルは鎖骨を舐《な》めるプラチナブロンドの髪に両手を添えて顔を上げさせると、蕩《とろ》けたアメジストの瞳に目を合わせた。

「私を抱いてください。シメオン様のものにしてください」

(私が誘惑したことにすればいいのだ)

アナベルはワンピースのボタンを外す。

手は震えていない。

胸下まで外したところでシメオンが左右に広げ、現れた胸の谷間に口付けた。舌を差し入れ、ペロペロと舐《な》め回《まわ》す。

アナベルはうっとりとその愛撫《あいぶ》を受ける。

シメオンの手が肩に掛けられ、ワンピースとシュミーズを下げていく。上半身を露《あらわ》にされてアナベルは震えた。

「ああ、お前は美しいな、アナベル」

シメオンの手が身体を撫《な》でる。

「俺も脱がせてくれ。素肌でお前を感じたい」

アナベルはそれに従う。黒いタイを外し、白いシャツのボタンを外していく。

徐々に現れる逞《たくま》しい身体に見惚《みと》れた。シャツを脱ぎ捨てたシメオンに抱きつき、その香りを胸いっぱいに吸い込む。

彼はアナベルの背中を撫《な》でながら腰に溜まっていた布を下げ、しっぽごと床に落とす。

「おいで」

アナベルの手を引いてソファに座らせ、自らも隣に腰掛ける。

そして、引き寄せられるように唇を合わせて舌を絡めた。そうしながら胸を隠していたアナベルの手をそっと退《ど》かし、膨らみを優しく愛撫《あいぶ》する。

「んんっ」

「アナベル……ああ、なんて甘い」

シメオンはアナベルの喉元から首を舐《な》め上《あ》げ、耳を食《は》んだ。

「はあっ」

アナベルは顎《あご》を反《そ》らせた。

肩を甘噛みされ鼻を擦《こす》り付《つ》けられ、両胸を揉《も》んでいた指で先端をそっと摘まれる。

アナベルは高い声を上げてシメオンの髪に手を差し入れた。

「はあん、シメオンさまっ」

「いい声だアナベル……もっと鳴いてくれ……俺の名を呼んでくれ」

シメオンが胸の先端をベロンと舐《な》める。

「あっ」

小刻みにしごかれ、アナベルは更に背中を反《そ》らす。

「あ、ああっ、シメオンさ、まっ」

「気持ち良いのか、アナベル。こんなに尖らせて……」

シメオンは蕾《つぼみ》を口に含み、ちゅくちゅくと吸い付いた。

「はあっ、いやぁっ」

「嫌なのか？」

唇を舐《な》め、目を光らせてアナベルを見上げる。彼女はフルフルと首を横に振った。

「気持ち良いです。はあ、もっと舐《な》めてくださいシメオン様。もっと触って」

シメオンの舌の動きが一層激しくなり、アナベルはガクガクと太ももを震わせる。

鈍い熱がどんどんと下腹部に溜まっていく。

シメオンはアナベルの胸にしゃぶりついて舐《な》め回《まわ》す。その唾液で濡らされ、肌を擦《こす》り合《あ》わされ、まさぐられ、シメオンの香りを纏《まと》っていくことにアナベルは歓喜していた。

大きめのソファに寝かされ、シメオンにのし掛かられている。

その身体は熱く、吐き出す息も熱い。

それに呼応するようにアナベルの身体も沸騰《ふっとう》していく。熱い指であらぬところを撫《な》でられ、身体が跳ねた。

「アナベル蜜が溢《あふ》れている……」

「ああっ、シメオン様っ、そこはっ」

「なんて匂いだ……ああ……」

シメオンはアナベルの太ももを掴み、その間に顔を埋め、肉厚の舌でベロンと舐《な》めた。

「はあっ！」

ぺちゃぺちゃと音を立てシメオンの舌がアナベルの花弁から蜜を舐《な》め取《と》る。

熱い息が吹き掛けられ、身体を反《そ》らせると、ジュッと吸い上げられた。

「まだ足りない。もっと蜜をっ、アナベル」

シメオンの舌が秘豆を捉《とら》え、チロチロと刺激する。

「ああっ、だめっ、はあん！」

トロリと蜜が溢《あふ》れ出《で》る感触がした。

「はあ、……なんて香り、なんて甘い……アナベル、お前はどうなっているのだ……まるで甘《かん》露《ろ》だ」

夢見るようなシメオンの声が聞こえる。

グチュグチュと音を立てながら、太く長い指がアナベルの中に入ってきた。ぐねぐねと中を探《さぐ》り、出し入れされる。壁を擦《こす》られてアナベルは悶《もだ》えた。

「あっああ、シメオン様、身体が熱いです、早く」

「アナベル、しかしお前は男を受け入れるのは初めてだろう、慣らさないと……ああ……こんなに濡れて、中も柔らかいが……まさか経験があるのか？」

探《さぐ》るように問うシメオンに言い返す。

「ありません！」

彼は焦《あせ》ったように上体を傾けて、アナベルの額《ひたい》に口付けた。

「すまん、あまりに感度がよいものだから……これは？　痛くないか？」

増やされた指で中をクイクイと刺激され、アナベルはシメオンの肩をぎゅっと掴む。

「はあん、痛くないです、あ、ああっ、ねえ、シメオン様、何かが溢《あふ》れそう……早くっ」

シメオンは息を呑んでガバッと身体を起こす。もどかしそうにベルトを外して衣服を脱ぎ去る。

それが床に落ちる音が聞こえた。

程《ほど》なくアナベルの蜜壺に硬いものが押し当てられる。

「挿れるぞアナベル、俺も、もう我慢できない」

ぐぽぐぽと蜜の音を鳴らしながら、ソレが中に入り込んできた。

確か、初めては痛いとか辛《つら》いとか聞いたが、まったくそう感じない。

それよりシメオンと繋がりたい欲が勝り、身体の高まりが抑えられなかった。

「ああっ、シメオン様、凄《すご》いっ」

「くっ、うう、アナベル、なんて……っ」

シメオンはぐぐっと腰を進めてくる。その度にアナベルは身体をくねらせた。

「はあん！　ああっ」

「こんなっ、ああ……アナベル、お前はっ」

コツンと奥に先が当たった。グリグリと重なる部分を擦《こす》り付《つ》けられ、アナベルはシメオンのモノが自分の中にすべて収まったことを感じる。

「ああっ、アナベル……お前は俺のものだ」

「はっ、シメオン様、嬉しい」

シメオンがアナベルの頬を挟み、顔中に口付ける。

「可愛いアナベル。俺のアナベル……お前は何処《どこ》にもやらない」

アナベルは湧き起こる喜びに身体を震わせ、シメオンの背中に腕を回した。

＊　＊　＊

シメオンは柔らかい身体に激しく腰を打ち付けた。

アナベルから立ち上る甘い香りに頭の芯が蕩《とろ》けていく。

ただ、目の前の甘露《かんろ》を激しく味わいたい。

自分の匂いを混ぜ形を刻みこみたい欲望に、支配されていた。

アナベルの中は温かく、柔らかいが、きゅうきゅうシメオンを締め付け、波打つ。

シメオンはアナベルの可愛い鳴き声を聞きながら身を震わせる。

ああっ、耐えきれない。

何度目か分からない白濁を中に放つ。

何度抱いても欲望が尽きない。

こんなことは初めてだった。

耐えていた想いがついに決壊して溢《あふ》れ、流れ出た欲望が荒波のようにシメオンを呑み込む。

こんなに激しいものをよく身の内に留めておけたものだと思う。

シメオンはせめてアナベルを傷付けないようにすることで精一杯だ。

荒い呼吸を抑えられぬまま、囁《ささや》く。

「アナベル、平気か、激しくしてすまん」

アナベルは乱れた灰色の髪の間からエメラルドの瞳を開き、ゆるゆると首を振った。

「大丈夫です……シメオン様」

蕩《とろ》けて潤《うる》む深い湖のように美しいその色に、シメオンは心を奪われる。

彼は夜目がきく。

ランプと月明かりの微《かす》かな灯りの中にあっても、アナベルの白く艶《なまめ》かしい肢体と官能的な表情を充分堪能《たんのう》できた。

長い髪が白くつんと盛り上がる膨らみに掛かっている。

シメオンはそれを指でそっと避けて、赤く尖る蕾《つぼみ》を見つけ出す。そっと周りを舐《な》め回《まわ》すと、アナベルは甘い吐息を漏らした。

「はあ、シメオン様っ」

「アナベル、終われない。欲が溢《あふ》れて止まらないのだ、許せ」

そして、シメオンの髪に指を差し入れる。

「ああっ、はあ、いいのです、気の済むまで抱いてください。私もシメオン様ともっと繋がりたい」

アナベルも同じ想いでいると分かり、気持ちが高揚した。それに呼応するように、また硬く勃《た》ち上《あ》がり始めるものを意識する。

シメオンはアナベルを抱き起こし、深く唇を合わせた。

お互いの腕が背中をまさぐる。舌を、視線を絡めた。

ぴったりと身体を合わせ、肌を擦《こす》り合《あ》わせる。

ひとときも離れたくない。

シメオンはアナベルの腰を持ち上げ、勃《た》ち上《あ》がったモノの上にゆっくりと下ろす。ズブズブと蜜をこぼしながら柔らかいアナベルの中に呑み込まれていく己を感じて、背中にぞくぞくと快感が走った。

「あっ、はあん、やぁっ」

下から突き上げると、アナベルがきゅっとシメオンに抱きつく。柔らかな胸と尖らせた蕾《つぼみ》が肌に押し当てられた。

腰を掴んで揺すると彼女は顎《あご》を反《そ》らせる。シメオンはその細い首を食《は》む。

（ああ……堪《たま》らない。このまま、深く繋がったまま、ずっと……）

しかし、きゅうきゅうと締め付けて誘い込むアナベルに、己のものがどくどくと脈打ち始める。

「はっ、アナベル、そんな搾《しぼ》り取《と》るな」

「だって、あああっ！」

シメオンはアナベルを押し倒し、その白く細い足を抱えて腰を打ち付けた。

パチュパチュと蜜が漏れて、濃厚な香りが立ち上る。

あまりの気持ち良さに視界が白くなった。

アナベルの奥に白濁を放ったシメオンは彼女に覆《おお》い被《かぶ》さり、そのしなやかな身体を抱き締める。

そして急激な睡魔に襲われた。

＊＊＊

すうすうと寝息を立て始めたシメオンに気付き、アナベルは途方に暮れた。

アナベルを抱き締めてのし掛かっている上に、まだ繋がったままだ。このままでいるわけにはいかない。

アナベルは四苦八苦しながら、シメオンの身体の下から脱出した。

膣からこぼれて太ももにダラダラと伝う液体を、床に落ちていたシュミーズを掴んで拭き取る。

アナベルは今更ながら顔を火照《ほて》らせた。いったい何度交わり、何度注がれたのだろう。媚薬《びやく》効果は伝染するのかもしれない。熱に浮かされ欲望の虜《とりこ》になり、獣《けもの》のように交わってしまった。

アナベルも淫《みだ》らに乱れたのだ。

(初めてなのに……っ)

顔を覆《おお》って羞恥《しゅうち》に耐える。

できればシメオンには綺麗さっぱり忘れてほしい。

(……それも少し寂しいけれども)

アナベルはワンピースを着て、シメオンの脱ぎ捨てた衣類を綺麗に畳んでテーブルに置いた。クローゼットから仮眠用の大きめのブランケットを取り出して彼に掛ける。

「さようなら、シメオン様。ありがとうございました」

そっと囁《ささや》いてこめかみに口付け、乱れた髪を整える。

自らの下着と付けしっぽを抱えて、アナベルはそっと部屋を出ていった。

消えた姫君

翌朝。

シメオンが目を覚ますと、見知った顔が覗き込んでいた。

「ああ？　チャド、なぜ、お前が寝室にいるのだ。勝手に入るな」

身体を起こすと、側近らが勢揃いでこちらを呆《あき》れたように見ている。

「ここがアンタの寝室か？」

「どうして服を着ておられないんでしょうねぇ」

シメオンは上半身が裸であることに気付き、ブランケットを捲《まく》って下を確かめた。

素っ裸だ。

「飲みすぎだろ、途中で消えちまうしなぁ、いい女でも見付けて引っ張り込んでたか」

「……姫様は？」

フォルクスが訊《たず》ねる。

「……アナベル？」

シメオンは額《ひたい》に手を当てた。

昨晩、壇上でパーティーの様子を眺めながら深酒をしたのを思い出す。番《つがい》を探す気になれず、女達の誘いに乗る気にもなれなかった。

アナベルのことが気になって、すぐにでも顔を見たくて……そんな気持ちを持て余して執務室に逃げ込んだのだ。

そこで……どうした？

「ベアルが王に二日酔い予防の薬を飲ませたというから捜していたのですよ。あれには睡眠導入作用があるから。ところ構わず寝てもらっては困りますからね」

「そういえば、姫さんも王を捜しに行ったっきり戻ってこなかったな」

「何言ってんの？　姫様もここにいたんでしょ、酔って素っ裸になって寝てる王にブランケットを掛けてくれたんだよ」

皆がレッサードに注目した。彼はテーブルの上を指差す。

王の衣服が綺麗に畳んで重ねてある。

「こんなことすんの、姫様しかいないよ」

(アナベルがこの部屋に？　そういえば一緒に花火を見たのは……)

その後で何が――

「わあっ！」

突然大声を上げたシメオンに、再び側近達の視線が集まった。

彼は顔を覆《おお》って膝《ひざ》に埋めている。フォルクスが恐る恐る訊《き》いた。

「シメオン様、昨晩ここで姫様に会って一緒に過ごされたんですか？」

シメオンは無言で頷《うなず》く。

「え？　じゃあ、なんで裸なの……もしかして……」

チャドが空を仰《あお》いだ。

「そりゃ、お前、そういうことだろ？」

ひぃーっとレッサードが悲鳴を上げる。

「酷《ひど》い！　なんてことすんの⁉　姫様に！」

フォルクスが溜め息をついてシメオンを咎《とが》めた。

「酔っていたとはいえ、貴方らしくない。いったいどうされたんです？」

「分からん……どうしても抑えきれなかった……殆《ほとん》ど酔いは覚めていたはずなのだが……アナベルの香りを嗅《か》いだら何かが溢《あふ》れてきて、理性をなくした。いや、なんだか夢心地だった」

フォルクスは眉を顰《ひそ》める。

「抑えきれない？　夢心地……それは……」

バンッ！

その時突然、執務室の扉が勢いよく開いた。ローブを纏《まと》った小さな人影がツカツカと中に入ってくる。

「メルバ婆さん⁉　どうした？」

ドルマンが声を上げげた。

「アナベルが出ていったって本当かい？」

メルバ婆はソファで唖然《あぜん》とするシメオンに掴み掛かる。

「この若造！　とんだ見込み違いだったよ、アンタならアナベルにこんな真似をさせないと思ってたのにっ、ワシの弟子を返せ！」

「ちょっと待て、どういうことだ。アナベルが出ていっただと？」

側近らは目を合わせ、フォルクスを除いて皆、部屋から出ていく。

メルバ婆は懐《ふところ》から手紙を取り出した。

「今朝、うちの玄関ドアに差し込まれていた。獣人国を出て母国へ帰ると書いてある。王と皆への感謝の言葉が連《つら》ねてあるが……最後のこれはどういう意味だい？」

〝もし、シメオン様がご自身を責めるようであれば、こう申し上げてください。「すべてアナベルがシメオン様にお慈悲《じひ》を乞《こ》うてしたことです」と〟

シメオンは手紙を握り締めたまま息を止める。そして、ぎりぎりと歯を鳴らす。

「そんなこと、許すものかっ……アナベルは何処《どこ》にもやらない、一生俺の傍《そば》にいるのだ」

ブランケットを投げ捨てて、テーブルの上の服を掴んだ。

メルバ婆は目を丸くしている。

「なんでコイツは裸なんだい」

フォルクスがメルバ婆を目で制し、シメオンに問う。

「姫様を側室として縛り付けるおつもりですか？　それは酷というものでしょう」

シメオンは服を身に付けながら言い放った。

「王妃として迎えるに決まっている」

「人間ですよ？　国民はともかく古参どもが黙っちゃいませんよ」

「知ったことか！」

「じゃあ、番《つがい》が見つかったらどうするんです？」

シメオンはデスクに掛けられていた黒い外套《がいとう》を羽織《はお》る。

「番《つがい》だろうがなんだろうが、アナベル以上の存在などいない。あれだけ俺の心を惹《ひ》き付《つ》ける者が、他にいるわけがないのだ」

フォルクスは溜め息をつくと、隣のメルバ婆に訊《たず》ねた。

「メルバ婆、番《つがい》が人間だってことはあるんですか？」

「どういうことだい？」

メルバ婆が探《さぐ》るようにフォルクスを見上げる。

「王よ、貴方がアナベルに感じた想いと、触れた時に起こった現象は、私にも覚えがあります」

シメオンは怪訝《けげん》そうにフォルクスを見た。

「私が妻と初めて結ばれた時ですよ」

＊　＊　＊

アナベルは狙いを定めて弓を引いた。

ひゅんと小気味いい音を鳴らし、木々の隙間を縫って矢が飛んでいく。

狙っていたウサギを仕留めたことを確信し、アナベルは回収に向かう。

獣人国を出るのは難しくなかった。

入国は管理されているが、出国は殆《ほとん》ど取り締まっていない。外へ出る獣人は、最寄りの人間の町で行商をする者だけだ。

獣人国は豊かだし、文化や技術も発達している。他国の援助を必要としない。

人間は獣人の強さを知っているので、手を借りることはあっても、侵略を企《くわだ》てるなど無謀は真似はしなかった。

つくづくいい国にいたんだなぁ、と思う。

アナベルはこのまま森を進む予定だ。

ジャガーや熊、狼《おおかみ》などの獣《けもの》との遭遇を心配していたが、なぜか遠巻きにされ近寄ってこない。

(シメオン様の匂いを纏《まと》っているせいだ)

アナベルは確信した。

獣《けもの》は強い者の匂いに敏感だ。

あれだけ肌を重ねたのだから、身体に染み付いているのだろう。

彼女は昨晩の熱い夜を思い出して身悶《みもだ》える。

(ひーっ、やめやめっ)

これからは母国の復興にこの身を捧《ささ》げるのだ。

自分は獣人国にとってなんの価値もない、いつまでも面倒を見てもらうわけにはいかない。

（シメオン様とのことは今は忘れよう）

彼は媚薬《びやく》で酩酊《めいてい》し、理性をなくしていたのだ。きっと、アナベルとのことはよく覚えていまい。

アナベルは頭を振り、きっと顔を引き締めると、ウサギを拾い上げた。

ここいらで水分を補給したいが、水場はあるだろうか。

高い木に登って周りを見てみようかと顔を上げた時、複数の生き物の気配を感じて、アナベルは身を低くした。

「おお、女がいる」

「しかもえらい別嬪《べっぴん》だ」

「一人か？　姉ちゃん」

木陰《こかげ》から現れた人相の悪い男達に、舌打ちをする。

そう。ジャガーや狼《おおかみ》より質《たち》が悪いのは人間だ。よりにもよって最悪の獣《けもの》と遭遇してしまった。

アナベルは感覚を研ぎ澄まし、戦闘態勢に入る。

武器は弓矢と短剣のみ。相手は五人だ……

アナベルの頬を汗が伝う。

「女なんて久しぶりだな」

「しかも若くていい女だ」

男達は広がり、アナベルを囲んで追《お》い詰《つ》めようとしている。

アナベルは弓を構えた。

「おお、そんな危ないもの持っちゃいけねぇぜ」

「勇ましいが、当てられんのかぁ？」

手を広げておどける男に狙いを定め、弓を引いた。放たれた矢は、風を切って真っ直ぐに飛んでいく。

「わっ！」

一人の男の頬を掠《かす》めた。

「このアマ……」

男達の目の色が変わる。

「捕まえてヒイヒイ鳴かせてやる」

アナベルは唾を吐き捨てて言う。

「無礼な。今度はその下品な口を串刺しにしてやる」

弓はあと三本だ。

(どうする？)

アナベルは弓に矢をつがえながら頭を忙しく働かせた。

＊　＊　＊

「まさか、アナベルが俺の番《つがい》？」

シメオンは手で口を覆《おお》う。

「まあ、アナベルなら考えられないこともないよ。あの娘は生粋《きっすい》の人間じゃないだろ」

メルバ婆はあっさりと驚くようなことを言った。

「生粋《きっすい》の人間じゃないって⁉」

メルバ婆が頷《うなず》く。

「あんたら知らないのかい？　アナベルの母親は獣人と始祖を同じくする民族の出じゃないか。ちゃんと学校で歴史を勉強したのかい？　情けない。まあ、だいぶ血は薄まっているだろうけどね。つまり、アナベルが番《つがい》だとしても不自然ではないんだ」

フォルクスとシメオンは茫然《ぼうぜん》とメルバ婆を見た。そこへどすどすと足音を立ててベアルが戻ってくる。

「やっぱり何処《どこ》にもいねえな、姫さん。裏門の植え込みに匂いが残ってたから、そこから匂いをたどってみたんだが、南に進んでいることが分かった。とすれば、南の森から外に出た可能性が高いな」

フォルクスは眉を顰《ひそ》めた。

「まずいですね……国境を越えた南の森には山賊の根城がある。頻繁に出没して行商を襲っているとの情報を得ています」

シメオンは壁に掛けてあった剣を取る。

「王妃を連れ戻す」

その目は久しぶりに物騒な光を放っていた。

側近二人とメルバ婆は、彼の纏《まと》う殺気に圧倒されて息を呑む。

シメオンは大股で窓に近付いて開け放つと、窓枠に足を掛ける。そして黒の外套《がいとう》を翻《ひるがえ》しながらヒラリと外に飛び下りた。

「聞いたろう、王妃が王から逃亡して、しかも山賊に襲われたとなれば、我らの側近としての面目は丸潰《つぶ》れだ」

フォルクスの言葉にベアルが頷《うなず》く。

「皆に伝える」

巨体に似合わないスピードで、彼は部屋を出ていった。

＊　＊　＊

アナベルは追《お》い詰《つ》められていた。

矢は使いきっている。囲んでいる男は三人だ。

一人はアナベルに太ももを射抜かれ、踞《うずくま》っていた。

もう一人、腕を矢で傷付けた男は姿が見えない。どうやら仲間を呼びに行ったようだ。

アナベルは短剣を構える。

一人で三人を相手にするのも難しいのに、応援を呼ばれたら万事休す、だ。

しかし、内心の焦《あせ》りを顔に出すことはしない。

怯《おび》えればつけ込まれる。獣《けもの》と同じだ。

髭面《ひげづら》の男が刃の湾曲《わんきょく》した山賊剣を構えた。

「活《い》きのいい姉ちゃんだなぁ。でも流石《さすが》にその短剣じゃあ、俺達三人には敵わねぇと思うぜぇ」

アナベルは鼻で笑って見せる。

「やってみなければ分からないわよ」

「気の強い女は嫌いじゃねぇけどな」

男は下品に笑い、剣を振りかぶった。

振り下ろされた剣を飛《と》び退《の》いて避け、アナベルは再度襲ってくる刃に短剣を構える。

ガチンと火花が弾《はじ》け、頭上で剣を受け止めた。

自慢じゃないが、そこいらの男に力では負けない。

しかし、もう一人が背後に回り込んだのに気付き、静かに焦《あせ》る。

頭上の剣を跳ね返し、背後の男の胸を蹴った。その隙に、背中をとられる。剣を肩に押し付けられ、臭い息を吹き掛けられた。

「おしまいだ、姉ちゃん。観念しろ」

「一思《ひとおも》いに殺してくれないかしら」

「そんなわけにはいかねぇなぁ。こっちは仲間を傷付けられたんだぜ？　たっぷり楽しませてもらわねえと割に合わねぇ。まずは俺から……ヴェっ」

男は最後まで言葉を続けず、蛙《かえる》が潰《つぶ》れたような声を上げる。

先ほど蹴り倒した男が上体を起こし、アナベルの背後を見て震えた。

アナベルは背後に意識を集中し、耳を澄ます。

間違いない。山賊以外の何者かが、現れたのだ。

敵なのか味方なのか、今の時点では判断できない。

程《ほど》なく肩に押し付けられていた山賊剣の刃が消え、馴染《なじ》みのある声が耳に飛び込んできた。

「我が妃に刃を向けて無事で済むと思うな、この汚ならしい外道が」

アナベルは、耳を疑う。

途端に身体が震え出した。

(まさか……)

ゆっくりと振り向く。

黒い外套《がいとう》を靡《なび》かせた背の高い男が山賊の首を掴み、頭上に高々と持ち上げていた。プラチナブロンドの髪が風に靡《なび》き、木漏《こも》れ日を反射してキラキラと煌《きら》めいている。

そして、そこから立ち上がる黒い耳。

「シ、シメオン様っ!」

シメオンは大柄な体格の山賊の男を片手で遠くへ放り投げる。男は木の幹に身体を打ち付けて気絶した。

「なんで獣人が⁉」

声を上げた山賊の一人に、シメオンは視線を移す。

剣を構えながらも尻込みする男が突き出した腕を素早く掴み、剣を奪い取ると、腹を蹴り飛ばした。

男は声も上げずに地面に落ちた。尻餅《しりもち》をついてその様子を見ていた残りの一人は、身体を震わせている。

シメオンはその男に大股で歩みより、顔面を蹴った。男は仰向《あおむ》けにゆっくりと倒れていく。

「剣を使うまでもなかったな」

シメオンが振り返る。アナベルはビクリと身体を震わせて、咄嗟《とっさ》に俯《うつむ》いた。

「アナベル、無事か」

「は、はい。ありがとうございます」

落ち葉を踏みしめ、彼が近付いてくる。

アナベルは顔を上げられない。

遂《つい》に黒いブーツの爪先《つまさき》を目が捉《とら》えた。

「なぜ、黙って出ていった」

アナベルは縮こまる。

「理由はメルバ婆に託した手紙に書いてあったかと……」

「俺が許すとでも？」

短剣を捨てて膝《ひざ》を付き、平伏した。

「突然出ていったことはお詫《わ》びいたします。お許しください。しかし、始めから決めていたことですので」

「アナベル、顔を上げろ」

アナベルは唇を噛んだ。

(怖い……)

いよいよ嫌われてしまったかもしれない。

でも、こうなった以上は仕方がなかった。きちんと自分の口で詫《わ》びよう。

意を決して顔を上げる。

改めて見るシメオンはやはり素敵だ。一瞬でアナベルの心を奪ってしまう。

この美しく強い獣人の王に抱かれたなど、とても信じられない。

感触も声もすべて覚えているが、夢だったのではないかと思えてきた。

もっとも、媚薬《びやく》で興奮状態だったシメオンは覚えていないに違いない……

「昨晩、お前を俺のものにしたはずだが？」

(……覚えていなさった)

アナベルは再び俯《うつむ》きかけたが、目の前で腰を落としたシメオンの手で顎《あご》を掴まれ、叶わない。

アメジストの瞳に視線を捉《とら》えられる。

「俺のもとから逃げるのは許さん。お前は一生俺の傍《そば》で暮らすのだ」

「昨晩のシメオン様は正気ではなかったのです。責任を感じる必要はありません。私が誘惑したのですから」

「酔いも覚めていたし、限りなく正気だったが？　それにお前が誘惑したんじゃない。俺から仕掛けたのだし、お互い同意の上での行為だったと思う」

（あれ？）

「えっと、シメオン様は媚薬《びやく》を飲まされていたのでは？」

シメオンは眉を顰《しか》めた。

「誰がそんなことを？　我が国では媚薬《びやく》の使用は禁じられている」

「…………」

「敢《あ》えて言うならお前の香りに酔っていた……いや、お前自身に酔って理性が飛んでいたかもしれんが」

シメオンの顔が近付き、アナベルにちゅ、と口付ける。

「なあ、アナベル、昨晩お前はどうだった？　普段の自分では考えられないほど興奮して俺を求めていなかったか？　心も身体も熱に支配されて、初めてなのにあんなに蕩《とろ》けていたのも……」

アナベルは顔を火照《ほて》らせた。

「おかしいと思わなかったか？　普段から唇を合わせるだけの口付けさえ恥ずかしがっていたのに」

「わ、分かりません。私には比較する経験がないので……恋しく想う人に求められたら、皆あのように気分が高揚するものでは……」

「うん？　なんだって？」

シメオンがその美しい顔を再びずいっと近付けた。アナベルは顔を更に沸騰《ふっとう》させて唇を噛む。

（………しまった）

自分の言動を思い返す。

思わずさらっと想いを告げてしまった。

「アナベル、その恋しく思う人とは俺のことか？　ん？」

シメオンの指が顎《あご》をくすぐる。

「もう、お許しくださいぃ」

アナベルは目をぎゅっと瞑《つむ》って羞恥《しゅうち》に耐えた。

その時、何者かが草を踏む音に気付き、ハッとして目を開ける。

「そういえば、山賊が仲間を呼びに……」

「全然手応えなかったよ」

「おー、姫さん無事かぁ！」

声のほうを振り返ると、レッサードとベアルがそれぞれ山賊の一味を引きずっていた。

「おい、ソイツらも縛り上げるぞ」

縄で両手を拘束した山賊をぞろぞろ引き連れたチャドも現れる。

アナベルはあんぐりと口を開く。

「早かったな」

シメオンが立ち上がった。

「フォルクスとドルマンは？」

「根城を潰《つぶ》しに行きました」

「ベアルも援護に向かえ」

「承知」

「お前らもコイツらを縛り上げたら続け。俺は王妃を連れ帰る」

アナベルは驚いて腰を上げる。

(王妃⁉)

周囲をキョロキョロと見回すが、気絶した山賊が転がるのみだ。

彼女は首を傾《かし》げた。レッサードとチャドが胸に手を当てて低頭する。

「ご無事で何よりです、王妃様」

アナベルは後ろを振り返った。

が、やはり、誰もいない。

シメオンに走り寄り、小声で聞いた。

「シメオン様、番《つがい》を、王妃様を見つけられたのですか？　ど、何処《どこ》にいらっしゃるのですか？」

「ここにいるが」

「何処《どこ》⁉」

再び周囲を見回していると、シメオンに腰を掴まれ、いきなり肩に担《かつ》がれる。

「えっ！　ちょっとシメオン様、何を……っ」

「帰るぞ、我が妃よ」

「ええっ！　きゃーーーっ」

彼はアナベルを担《かつ》いで大樹を駆け上がり、枝から枝へ飛び移っていく。

レッサードとチャドは、みるみる遠ざかるその姿を見送った。

「王の奴、浮かれてんなぁ」

「ちぇー、姫様は僕が欲しかったのにぃ」

口を尖らせるレッサードの頭を、チャドがポンポンと叩いた。


ぐったりしたアナベルは、シメオンの身体能力の高さに圧倒されていた。

あっという間に獣人国に着いた彼は、心得た門番が両手を繋いで腰を落とすその中央に向かって飛び込む。そして、聳《そび》える門を驚異の跳躍力で飛び越えた。

それから城壁をベランダ伝いにぴょんぴょんと駆け登り、開いていた窓から中に入る。

「着いたぞ」

彼はアナベルを肩から下ろすと横抱きにしてソファに腰掛けた。

そこは見慣れたシメオンの執務室だ。

（何時間もかけて移動したのに、数分で連れ戻された……）

アナベルは呆《ほう》けていた。

「どうしたアナベル」

シメオンがアナベルの頬に自らの頬を擦《こす》り付《つ》ける。外套《がいとう》の隙間から覗くしっぽがパタパタ揺れていた。

（ご機嫌だわ……）

「ええと、シメオン様……王妃様は何処《どこ》に」

「王妃はお前だ、アナベル。俺の番《つがい》」

彼はアナベルの頬に手を添え、目を細めてうっとりと見つめる。

「つ、番《つがい》⁉　私がですかっ、しかし、私は人間ですよ？」

「メルバ婆が言っていた。お前は獣人と祖を同じくする一族の血を引いていると。番《つがい》であってもおかしくないとな」

アナベルは再び茫然《ぼうぜん》とした。

「でも俺は、番《つがい》であるなしなど、どうでもいいのだ。どうしようもなくアナベルに惹《ひ》かれる。傍《そば》にいると満たされるし、いないと心細い。……それに、昨晩は素晴らしかった。あのような経験は初めてだ。身も心も溶け合うような……」

シメオンは熱い吐息を漏らし、アメジストの瞳を蕩《とろ》けさせる。

「思い出すだけで、興奮する」

アナベルは頬を染めて俯《うつむ》いた。

シメオンがアナベルを抱き締めて耳元に囁《ささや》く。

「アナベルはどうなのだ？　随分と乱れていた。俺の名を呼び甘く鳴いていたな」

アナベルはきゅっと身を縮ませた。

「シメオン様っ、やめ、耳元で喋《しゃべ》らないでくださいぃ」

「そうやって恥じらう姿も可愛いらしいな、俺の妃よ」

彼はアナベルの耳を食《は》む。

「なあ、アナベル、よーく分かっただろう？　俺からは逃げられない。お前はこの国の王妃として俺の傍《そば》で一生暮らすのだ」

彼女はシメオンの瞳をじっと見つめた。

「本当に私でいいのですか」

「お前以外は要《い》らないのだ、アナベル」

彼に抱きつき、その胸に顔を埋める。

「ずっとお傍《そば》にいても？」

「俺達は離れられぬ運命だ」

シメオンはアナベルの頭に頬を擦《こす》り付《つ》けた。

「それでは、行くか」

アナベルは顔を上げて訊《たず》ねる。

「何処《どこ》へですか？」

「寝室だ。番《つがい》を見つけたら十日間寝室に籠《こも》って昼夜問わず愛を交わすのだ。獣人国の習わしだ」

その言葉に、アナベルは顔を青ざめさせた。

「と、十日間？　昼夜問わず⁉」

シメオンは再び彼女を担《かつ》ぐ。

「さあ、めくるめく愛の日々の始まりだ！」

しっぽが外套《がいとう》の下でパタパタと音を立てている。

アナベルはごくりと唾を呑みこんだ。

シメオンの妃としてずっと傍《そば》にいられるのは嬉しい、嬉しいが……

ドアを開け放し、猛スピードで駆け出した彼の肩の上で揺られながら、気が遠くなった。

(私……生きてられるかな……)


「ううん、あ、シメオン様……」

アナベルは首筋に口付けられて身を震わせた。

更に背後から胸をやわやわと揉《も》んでくるシメオンの手を掴む。

「もうっ、シメオン様、まだ朝ですよ」

「昼夜問わず交わると言ったろう？　……触らせてくれ」

アナベルは胸を握り込まれ、肩を竦《すく》める。

昨日、寝室に連れ込まれるとすぐに衣服を毟《むし》り取《と》られ、ベッドに押し倒された。

汗をかいているし汚れているからお風呂に入らせてほしいと懇願《こんがん》したが、汗の匂いも興奮するからと訳の分からないことを言われ、許されなかった。

身体中舐《な》め回《まわ》され、高められ、鳴かされた。

けど……

シメオンの指で胸の蕾《つぼみ》を優しく撫《な》でられて、アナベルは声を上げた。

「やっ、あ、あんっ」

「気持ち良いか、アナベル、可愛い声だ」

そう、アナベルは初めてなのにまったく違和感なくシメオンを受け入れて、快感を得た。

昨晩も今もそう、シメオンに触れられるだけで身体が敏感に反応してしまい、蜜を溢《あふ》れさせ、欲しがってしまうのだ。

自分は淫乱なのではないかと涙を滲《にじ》ませるアナベルを、シメオンは宥《なだ》めた。

「アナベル、番《つがい》同士の営《いとな》みではそうなるのが当たり前なのだ。お互いが最上の相手であると本能が感じ取り、それに身体が反応する。すぐに繋がるために最適な状態になるのだ」

「番《つがい》以外ではそうならないのですか？」

アナベルの問いにシメオンは頷《うなず》く。

「番《つがい》とそうでないものとの行為はまったく違う」

彼は何かを思い出しているように視線を斜め上に向けた。

以前はかなり遊んでいたというし、その中には色白金髪巻き毛のボンキューボンの美女がいたのだろう。その女性との交わりを思い出しているのだろうか。

アナベルはムウ、と口を引き結んだ。

そんなの、そっちのほうが断然触りがいがあるに決まっている。

「シメオン様は狡《ずる》い。私は比較しようがないじゃありませんか」

と、つい口に出してしまった。

「比較などする必要はない！」

シメオンはアメジストの瞳を据《す》わらせてアナベルを睨《にら》んだ。

「ひ、比較したいとは言ってません！」

アナベルは慌てて言い訳した。

「アナベルは一生俺しか知ってはいけない。俺の番《つがい》なのだから、俺の匂いしか纏《まと》っては駄目だ！」

シメオンはぎゅうぎゅう抱き締めてくる。

内心、横暴だなぁと思いながらも、自分も過去の恋人達に嫉妬《しっと》しているくらいなのだから言えないか、と彼の背中に手を回した。

「……何を考えている、アナベル」

シメオンの手が鳩尾《みぞおち》を伝う。もう片手は胸を揉《も》みしだいている。

「はあっ、昨晩のことです……シメオン様のことを」

「それならいいが、でも、今はこっちに集中してくれ」

指先がそっと胸の蕾《つぼみ》を引っ掻く。昨日から散々捏《こ》ねられ吸われたソコはじんじんと痛むほどなのだが、シメオンは気遣うかのように指の腹で優しく愛撫《あいぶ》する。アナベルは昂《たかぶ》りつつも、少しもどかしく感じる自分に羞恥《しゅうち》した。

本当はシメオンの温かく滑《なめ》らかな舌で掬《すく》ってほしい。アナベルはその感触を思い出し、もだえた。とはいえ、そんな破廉恥《はれんち》な望みを口にすることなど到底できるわけがない。

「どうしたアナベル、そんなにきつく目を瞑《つむ》って歯を噛みしめて」

「な、んでも、ありませんっ」

「隠すなアナベル。俺達は番《つがい》同士だが、すべて通じ合っているわけではない。口に出さねば伝わらないこともある」

シメオンはアナベルの顔の横に肘《ひじ》をつき、大きな掌《てのひら》で両頬を挟んだ。アメジストの瞳をぱちぱち瞬《またた》きながら首を傾《かし》げる。その可愛らしい仕草に胸を撃ち抜かれたアナベルは、直視できずに顔を背けて息を止めた。

「アナベル?」

「くっ、あまり見ないでください。呼吸が止まりそうです」

「嫌だぞ。俺はずっとアナベルを見ていたいのだ。可愛いアナベル、俺の番《つがい》」

(可愛いのは貴方です!)

目を閉じ唇を噛むアナベルに、シメオンが顔を寄せる気配がした。

「この可愛い鼻も」

うっとりと囁《ささや》くと、ペロペロとアナベルの鼻先を舐《な》める。こそばゆさに身体を竦《すく》めるアナベルの腕を押さえ、顔中を舐《な》め始《はじ》めた。

「綺麗な額《ひたい》もエメラルドの瞳も、柔らかな頬も……」

頬を撫《な》でた舌がすぅ、と滑り、耳に達する。

「この肌色の小さな耳も、すべて愛しい」

耳の窪《くぼ》みを余すことなく舐《な》め回《まわ》され、アナベルの背筋にゾクゾクと痺《しび》れが走る。耳朶《じだ》を甘噛みするシメオンの柔らかな髪が頬に当たる、その刺激にさえ敏感に反応し、震えた。

「あ、シメオンさ、ま、やめ……」

「いっそのこと、食ってしまおうか」

物騒な言葉を吐いたシメオンは、アナベルの耳孔に尖らせた舌を差し込み、ぐるりと一周させた。

途端に襲う大きな波にアナベルは仰《の》け反《ぞ》る。熱い息と舌で施《ほどこ》される耳への愛撫《あいぶ》は、まるで身体の内側を撫《な》で回されているかのような激しい快感を引き起こすものだ。

「んんっ……！　あっ、だめっ」

シメオンはその声に煽《あお》られたかのように、更に激しく舌を動かす。アナベルは堪《たま》らず、シーツの上に足の裏を滑らせた。

「や、あ、耳、だめぇっ……！」

「では、どうしてほしい？　アナベル」

閉じた瞼《まぶた》の下から生理的な涙が滲《にじ》み出《で》る。

「俺にどうしてほしいのだ？」

「……」

「教えてくれ。俺はアナベルをもっと知りたい。知り尽くしたいのだ」

アナベルは伏せた瞼《まぶた》を震わせながら、小声で呟《つぶや》く。

「む、胸を」

顎《あご》の下で組み合わせた手に力が籠《こ》もる。しかし、羞恥《しゅうち》を振り切って、告げた。

「胸の先端を、シメオン様の舌でっ……舐《な》めてほしいのです……」

最後のほうは消え入るような声になってしまったが、なんとか言えた。

「ほう、アナベルは胸の先端を俺に舐《な》められるのが好きなのか？」

喜色を隠しもしない声で訊《たず》ねられ、小さく頷《うなず》く。

「はい、あの、とても、気持ちが良いのです」

「そうか、そうなのか。それではじっくり舐《な》めてやろう。ようく見てくれアナベル」

プラチナの髪が伏せた目に映り、熱い掌《てのひら》がアナベルの膨らみを下から掬《すく》うように掴んだ。

「はっ⁉　いや、見るのは……あっ」

赤い舌先でチロチロと先端を擽《くすぐ》るシメオンを目にし、アナベルはその扇情的《せんじょうてき》な光景に釘付けになる。もどかしい刺激と相まって、腰がづくづくと疼《うず》いた。

「これでいいのか？」

見せつけるように唇を舐《な》めて、シメオンが訊《たず》ねる。その意地悪な表情さえ美しく、アナベルはまんまと煽《あお》られた。

「もっとです……シメオン様、もっと」

甘い声で強請《ねだ》るのは、本当に自分なのか。

それでも、アナベルは知っていた。シメオンは決して拒絶しない。アナベルの我儘《わがまま》を聞き届け、それ以上のものを与えてくれると。

「我が王妃の望むままに」

シメオンは大きく口を開け、握りこんだ膨らみにゆっくりと近付き、バクリと食い付いた。アナベルは身体を反《そ》らせ、意図せずシメオンに胸を押し付ける。温かい口内の中でねっとりと濡らされながら縦横無尽《じゅうおうむじん》に蠢《うごめ》く舌に虐《いじ》められ、アナベルは鳴いた。更にもう片方の先端をキュウと摘《つま》まれ、思わずシメオンの腰を太ももで挟み込む。

「いいのか？　アナベル」

「あ、はん、シメオンさ、ま、気持ち良すぎて、おかしくなりそう」

「可愛いアナベル……もっと乱れた姿を見せてくれ」

硬く尖った蕾《つぼみ》をチュウと吸い上げられ、腰が跳ねる。シメオンの硬い身体に押し付けられた下腹部が熱を持ち、刺激を求めていることを意識した。

「はっ、あ、あ、もうっ」

「ああ……なんという香りだ、アナベル……」

シメオンは身体を起こすと、荒い息を吐きながら胸に当てていた手をゆっくりと下へ這《は》わせる。

太ももを掴んでグッと押され、じくじくと熟《う》れた花弁が晒《さら》された。

「こんなに潤《うる》ませて……」

お尻に硬くなったものをいやらしく擦《こす》り付《つ》けられ、アナベルは身を震わせた。シメオンの指が秘豆を探《さぐ》る。

「ああっ、そこは、はああっ」

シメオンはアナベルの耳元に熱い息を吹きかけた。

「感じすぎてしまう？　大丈夫、優しくするから……ああ、いっそう強く香ってきた……甘い蜜の匂いだ……俺を惑《まど》わす」

くるくると円を描くように繊細《せんさい》に撫《な》でる指先に反応して既《すで》に入り口がヒクヒクするのを感じて、アナベルは羞恥《しゅうち》に悶《もだ》えた。

「はあっ、だめです、ま、また欲しくなっちゃうからぁ！」

「俺が欲しいか？　アナベル」

秘豆から離れた指が中にツプツプと埋められる。即刻シメオンの指を締め付けてしまう淫《みだ》らな自分が怖い。

「ああっ！」

「ぐちょぐちょに中を突いてほしいのか、激しく？」

アナベルはハアハアと呼吸を早くしながら、我慢しきれず叫ぶ。

「ああん、もうっ、そうですっ、シメオン様のが欲しいっ…………早くっ」

シメオンは指を引き抜きアナベルの腰を掴むと、ベッドの上に四《よ》つん這《ば》いにした。

「やっ、なんですかこの格好……」

抗議しようと振り返るアナベルの目に映ったのは、シメオンの爛々《らんらん》と光るアメジストの瞳だ。先ほどまでアナベルの中にあった指をベロンと舐《な》めながら、じっとこちらを見つめている。怖いほど獰猛《どうもう》なシメオンの欲望を感知して、アナベルは震えた。

(ひぃ、なんで朝からあんな濃厚な色気……)

シメオンが片手で勃《た》ち上《あ》がったものを掴むとアナベルの腰を引き寄せる。ずぷり、と蜜を鳴らしてシメオンのモノが入ってきた。

「はああああーーーーっ!」

アナベルは声を上げて肘《ひじ》をついた。ズブズブと侵入してくる熱くて硬い剛直が、敏感な中をグリグリと刺激する。溢《あふ》れ出《で》た蜜がももを伝った。

「やあああっ、だめぇっ」

「ああ、よく締まっている……ギュウギュウ締め付けて………アナベル、イきそうか?」

アナベルは枕に顔を埋《うず》める。

「やだあっ、シメオン様っ、これ駄目っ」

シメオンはぐっと腰を進めてすべてを中に納めると、腰を押し付けながらゆっくりと回した。

アナベルは、きゅんきゅんする疼《うず》きに必死で耐えるが、今すぐにでも弾《はじ》けてどうにかなってしまいそうだ。しかし、逃げたくとも、シメオンの手がガッチリと腰を掴んでいる。

「ああ……気持ち良い……アナベル、最高にいい」

「はあっ、シメオンさま、ふ、深いのっ、も、イっちゃう」

「ああ、俺も、我慢できない。止められない」

シメオンがゆっくり腰を前後させた。擦《こす》られたところから生まれる快感が打ち寄せる波のように襲い、アナベルを追《お》い詰《つ》める。

「ああっ、くそっ、もっとじっくり味わいたいのに……制御できない、アナベル、後でリベンジするから赦《ゆる》せ！」

（いや、リベンジなんかいらな……）

浮かんだ言葉は、始まった激しい抽送によって飛び散った。

グチュグチュと蜜が鳴り、パンパンと皮膚のぶつかる音が響く。シメオンの荒い息と切なくアナベルを呼ぶ声が聞こえる。それらすべてが急速にアナベルを高みに運んでいく。

「やっ、あっ、あああーーーーーーっ」

アナベルは悲鳴を上げて果てた。膣がヒクヒクと蠢《うごめ》き、シメオンのモノをしごいている。

「うっ、アナベル、またそんなに、くっ」

埋められた陰茎が膨らみ、ビクビクと脈打った。シメオンは腰を深く押し付け、艶《なまめ》かしく声を漏らす。

そして、アナベルの奥に熱い欲が勢いよく放たれた。

アナベルは枕に顔を押し付けながら快楽の余韻に酔う。絶頂に緩む熱い身体をシーツで冷やし、ぼんやりと霞《かす》む頭で考える。

幾度となく繰り返される激しい営《いとな》みで疲れていてもおかしくない状況なのに、身体はいつまで経っても敏感に反応し、快感を拾う。そしてまた、この後もシメオンを求めてしまうのだろう。もはや逆らうことなどできないのだ。この美しく愛しい獣人王に貪《むさぼ》り尽《つ》くされたい欲望を抑え切れない。身のうちから溢《あふ》れ出《で》るこの愛しさは、永遠に枯渇《こかつ》することなどないのだ。

私はシメオン様の番《つがい》。この世にたった一人の。

その確信がじわじわとアナベルの中に染みていく。

アナベルの中から己を引き抜いたシメオンに引き寄せられ抱き締められる。その逞《たくま》しく馨《かぐわ》しい胸に頬を擦《こす》り付《つ》け、アナベルは幸せを噛み締めた。


十日間、濃厚な蜜月を過ごし、抱《だ》き潰《つぶ》されてぐったりしたアナベルを待っていたのは、盛大な成婚の儀だった。

始祖を同じくする一族の血を引く、というアナベルの出自は、各獣人部族の長《おさ》をはじめとする古参連中の心を掴んだようだ。

勿論《もちろん》、国の高名な薬師であるメルバ婆の進言と尽力があったことは言わずもがなだが。

側室として迎え入れられた異国の人間が王妃に昇格するという異例中の異例な出来事にもかかわらず、獣人国にあっさりと受け入れられ、アナベルは拍子抜けしていた。

「そりゃあアンタ、王があれだけ溺愛《できあい》してりゃぁ、皆も認めざるを得ないよ」

メルバ婆の些《いささ》か呆《あき》れた言い方に、ゴリゴリと薬草をすり潰《つぶ》しながら頬を染める。

「片時も愛しの王妃様を離さないんだもんねぇ、よく抜け出してこれたね」

アナベルは溜め息をつく。

「側近の皆が王を足止めしてくれたの。公務も滞《とどこお》ってるからって……その内、収まると思うのだけど」

「どうだろうねぇ、あの子は始祖の血を引く生粋《きっすい》の獣人で、優れた能力の持ち主だ。歴代の王の中でもピカイチだからねぇ」

アナベルはメルバ婆を振り返った。

「へぇ、シメオン様、凄《すご》いんだね。まあ、あんなに格好良くてお強いものね」

「なんだい、惚気《のろけ》かい」

メルバ婆はニヤニヤ笑う。

「精力は能力に比例するんだよ」

アナベルはすりこ木棒《ぎぼう》を握り締めたまま固まる。メルバ婆は、哀れむように彼女の肩を枯れた手でぽんぽんと叩いた。

「この婆が滋養強壮剤を処方してやろう」

＊　＊　＊

一方、シメオンはイライラと机を指で叩いていた。しっぽもブンブンと不満げに揺れている。

「なんて態度ですか。ちゃんと王の務めを果たしていただかないと皆に示しがつきませんよ」

フォルクスが上から見下ろした。

「そうですよ。シメオン様がちゃんとしないと、姫様の評判も落ちるじゃないですか」

レッサードが腕を組んで頬を膨らませている。

「アナベルが傍《そば》にいないと落ち着かないのだ」

シメオンは頬杖《ほおづえ》をつく。

その時、背後からコンコンと窓を叩く音がした。

「おや、バッド」

フォルクスが声を上げた。シメオンは振り向いて窓を開け、黒ずくめの隠密を部屋に入れてやる。

「皆様お揃いで。主《あるじ》よ、この度は番《つがい》をお迎えになったそうで心より祝福申し上げます」

バッドは膝《ひざ》をつきながら口上を告げると、懐《ふところ》から封筒を二通取り出した。

「王妃様の母国よりお手紙を預かってまいりました」

シメオンは差し出された手紙を受け取る。

「一通は前回同様、王妃様のご姉妹から。もう一通は牢獄にいる前王からです」

その言葉に、眉を顰《しか》めた。

「お前……また接触したのか？」

「つい、出来心で。王妃様にお渡しになられるかどうかは主《あるじ》がお決めください」

手紙を懐《ふところ》にしまう。

「王妃のもとへ行く」

「何処《どこ》にいるのか分かるのか？」

チャドが問いかけた。

「とうせメルバ婆さんのところだろ」

シメオンはそう言うと、あっという間に窓から外へ飛び去った。

「結局逃げられましたね」

側近らは呆《あき》れながらも笑みを浮かべて王を見送った。

＊　＊　＊

「アナベル！」

アナベルはいきなり後ろから抱き締められ、ザルを落としそうになって慌てた。

「シメオン様、ど、どうされました」

「勝手に俺の傍《そば》を離れては駄目だ」

髪に頬をすりすり擦《こす》り付《つ》けられる。

「ああ、ばれちまったね。アナベル、観念しな」

メルバ婆はアナベルからザルを取り上げた。

「今度はこの婆が直々に城へ出向いてやるよ。しかし、アンタもいい加減にアナベルを解放してやんなよ、可哀想だろうが」

「分かっている。今回は真実アナベルに用事があったのだ」

メルバ婆がアナベルに小瓶を握らせる。

「さっき言ってたやつだよ。一日一錠だ。よく効くよ」

「なんだそれは」

シメオンが耳をピクピクさせながら訝《いぶか》しげに覗き込む。

「アンタにゃ、必要のないものだよ」

言い捨ててメルバ婆は去った。アナベルは慌てて小瓶をポケットにしまいこむ。

「それで、どうされたのです？　私になんのご用でしょうか」

シメオンは懐《ふところ》からバッドに渡された封筒を取り出した。

アナベルは父からの手紙を一読すると、心底嫌な顔になる。

「何が書いてあったのだ？」

シメオンがアナベルの手元を覗き込む。アナベルはシメオンに手紙を渡した。

「気分が悪いだけだと思いますけど、お読みになります？」

彼は手紙を受け取って文字に目を走らせたが、冒頭を読んですぐに怪訝《けげん》な顔で訊《たず》ねる。

「なんだ？　九番というのはなんのことだ？」

「私のことですよ。あの人は私の本名を知らないのです。王女も王子もすべて番号呼びでしたから」

シメオンはアナベルの言葉に憤《いきどお》り、身を震わせた。気を取り直して読み進めるも、どんどんと表情が険しくなっていく。

手紙の内容は、獣人の国王に自分を牢から出すように依頼してほしいというものだったが、横柄《おうへい》さを隠しもしない書き方だ。

加えて新しく政権を立ち上げた息子への恨み辛《つら》み、牢獄生活の愚痴。そこからは娘を想う親の心など微塵《みじん》も感じられなかった。

「なんだコイツは。本当にアナベルの父なのか」

「認めたくありませんが。そんなの破り捨てるか火にくべてください、二度と見たくありません」

アナベルはもう一通の手紙を大切に撫《な》でる。

「シメオン様、姉妹と兄上に返事を書きたいのですが、隠密様に託してもよろしいでしょうか」

「では、執務室に戻ろう。俺の隣で書けばいい。アナベルが傍《そば》にいないと仕事にならない」

手を取られ、アナベルはシメオンを見上げて笑う。

「困った王様ですね」

「俺ばかりアナベルを求めているようで少々悔しいのだが」

その逞《たくま》しい腕に寄り添った。

「私は何処《どこ》にいてもシメオン様の溢《あふ》れんばかりの愛で満たされているから、安心していられるんです」

そう、実の父親からは与えられなかった愛情を、この逞《たくま》しく優しい王は、アナベルに惜しげもなく注いでくれる。

その眼差《まなざ》しから、触れた指先から、迸《ほとばし》るように伝わる温かい感情。それは、決して涸《か》れることがない泉のようにアナベルの中に息づく。

シメオンがアナベルを腕に囲って唇を合わせた。

「では、俺もアナベルを愛で満たしてくれ。まだ足りてない」

「困ったわ。どうすれば満足してもらえるんでしょう」

「そうだなぁ、まずは今夜、一緒に温泉に入ろうか。身体の隅々まで俺が洗ってやるぞ」

「ええっ、ちょっとそれは恥ずかし……」

戸惑《とまど》うアナベルを肩に担《かつ》いで獣人の王は駆け出した。

「そうと決まれば、さっさと公務を終わらすぞ」

町の獣人達が微笑《ほほえ》ましく見守る中を、王と王に担《かつ》がれた王妃が猛スピードで通り過ぎていく。

城の窓からは側近達が生ぬるい笑みを浮かべて見下ろしていた。

暖かい風が街路樹の枝を優しく揺らす。

獣人国は今日も平和である。

「アナベル、こちらへ来い」

「シメオン様、公務中ですよ。早くそちらの書類に目を通してください」

「膝《ひざ》に乗ってくれたらやる」

「皆、見ておりますから」

「恥じらう俺の王妃はまこと可愛らしい」

シメオンはアナベルの腕を掴んで膝《ひざ》の上に抱き込むと、ちゅ、ちゅと髪に頬に口付けた。

「シ、シメオン様っ」

「可愛い俺の番《つがい》……今夜は俺がアナベルの全身にオイルを塗ってやろう」

「ひっ、シメオン様、それは……」

「王よ、いい加減になされませ」

フォルクスが腕を組んで睨《にら》む。

「王妃様のことが愛しいのは分かりますが、務めはきっちり果たしていただかないと困る、と何度言えば分かるんです？」

「番《つがい》が傍《そば》にいると触りたくなるのは当然だろう？　お前なら分かるだろうに」

「限度があります！」

睨《にら》み合《あ》う二人に挟まれたアナベルはおずおずと声を上げた。

「……あの、やっぱり邪魔になるので、私は公務をお手伝いしないほうがいいと思います」

「駄目だ！　アナベルが傍《そば》にいないと尚更集中できん！」

はああ……

部屋の中にいる側近達が揃って溜め息をついた。

「なあ王よ、俺達はまだ番《つがい》が見つかってないんだぜ？　目の前でそんなイチャイチャを見せつけられちまったらやるせねぇ。俺達の心境を慮《おもんぱか》ってくれよ」

腰に手を当てて呆《あき》れた表情で言うのはチャドだ。

あれから数回お見合いパーティーが催《もよお》されたが、四人の側近達は未だ番《つがい》を見つけられずにいる。

「お前達、鼻が詰《つ》まってるんじゃないのか？　メルバ婆さんに鼻づまりを治す薬でも処方してもらえ」

「……匂いで分かりゃ苦労しないんですがね」

ドルマンが呟《つぶや》く。

「気の毒になあ、番《つがい》とのあの素晴らしい営《いとな》みが未だ経験できないとは……なあ、アナベル？」

アナベルは頬を染めて俯《うつむ》く。

「姫様が困っているじゃないですか。可哀想！　王ってば自重してくださいよ！」

レッサードが頬を膨らませた。

「困るんだよなぁ、王がこんな具合じゃなぁ、俺達に皺寄《しわよ》せが来て残業続き。いい女がいる店に飲みにも行けねぇ」

ベアルが大きな身体を揺らして口をへの字にする。フォルクスがシメオンの鼻先に指を突きつけた。

「つまり、王が側近達の番探《つがいさが》しの足を引っ張っているんですよ！」

シメオンは仰《の》け反《ぞ》り、アナベルにぎゅうと抱きつく。

「……と、いうことで、王には今一度君主としてのお立場を思い出していただきましょう」

ニンマリ笑うレッサーサードから書類を受け取ると、フォルクスは机にバンッと叩きつけた。

「な、なんだこれは」

「獣騎士団のイベントの企画書です」

「ああ、もうそんな時期か。今年は精鋭揃いと聞いているが、また勝ち抜き戦か？　それとも紅白に分かれての砦の攻防戦か……」

シメオンは書類を片手で捲《めく》る。

「今年は一味違うぜ？」

チャドの言葉に、側近達はニヤニヤと笑みを浮かべた。紙を捲《めく》っていたシメオンの指が止まる。

アナベルは企画書を覗き込んだ。

「……どういうことだ？」

内容を確かめる前に低く唸《うな》るようなシメオンの呟《つぶや》きが耳に入り、彼女はびくりと身体を震わせる。

フォルクスは得意げに顎《あご》を上げ、高らかに告げた。

「王妃争奪戦です!!」

「なんだと!? そんなこと許可できるか!!」

レッサードはフォルクスの横に並び、企画書をシメオンから奪い取ると掲《かか》げて見せた。

「駄目ですぅ〜。ほらここ、王の許可印があるでしょ？ もう既《すで》に他の機関に配布済みだし、準備も着々と整ってるんですぅ〜。各村の長《おさ》にも招待状を送っちゃいました！」

「誰が勝手に押した!!」

「貴方ですよ。王妃様とお団子を分け合うのに夢中で、よく確かめもせず押したんです」

「チョロいなぁ」

「がっかりです」

「シメオン様………」

アナベルにまで咎《とが》めるように見られ、シメオンはしっぽをダラリと垂れた。

「取りあえず説明しましょう。まず、王妃様にはイベント用に組まれた井楼《せいろう》の中で待機していただきます」

アナベルはフォルクスに視線を定め、頷《うなず》く。シメオンはそれを見て不満そうに鼻を鳴らした。

「審判役である私を除く側近四人は護衛」

側近達が揃って胸を張る。

「それに加えて半数の騎士達が守護の前衛となります。残りの騎士達が井楼《せいろう》を目指して攻め込むことになりますが……王にはこちらに加わっていただきます」

「なぜ護衛じゃないのだ！　俺はアナベルの傍《そば》で守る！」

「それじゃあ、お仕置きの意味がないじゃありませんか。シメオン様には本気を出していただかないと。…………それとも、アナベル様を奪還する自信がおありでないと？」

「ふん！　そんなわけがあるか。お前らごときに負けるわけがない！　なんなら騎士全員と勝負してもいい」

「その言葉、くれぐれもお忘れなきようにお願いします」

フォルクスは説明を続けた。

「それで、見事王妃様を守り抜いた、もしくは略奪した場合の報酬ですが、最も活躍したと見なされた者に、米二十俵と高級防具、公営温泉施設一年間無料利用券、それと……」

そこで言葉を切ってその理知的なグリーンの瞳をアナベルに向ける。アナベルは思わず姿勢を正した。

「王妃様の口付けを」

「ならん!!」

シメオンがアナベルを引き寄せ、鼻にシワを寄せてフォルクスを睨《にら》む。

「断じて許さん!!」

アナベルは戸惑《とまど》いつつも、そっと訊《たず》ねた。

「それは、その、頬とかに、かしら？」

「その者の望む場所にお願いいたします。勿論《もちろん》、常識の範囲内で、ですが」

フーフーと唸《うな》るシメオンの髪を撫《な》でて宥《なだ》めながら、更に訊《き》く。

「耳とか？」

「いかんぞ、アナベル！　耳に口付けていいのは身内だけだ!!」

「しっぽとか？」

執務室がしんと静まり返った。

アナベルは焦《あせ》る。何かまずいことを言ったらしい。

フォルクスが困ったような表情で微笑《ほほえ》んだ。

「王妃様、しっぽに口付けるのは忠誠の証《あかし》なのです。故《ゆえ》に、絶対になされませぬよう。私もさせませんのでご安心を」

「当たり前だ！　誰だ、そんなふざけた企画をした奴は。更迭《こうてつ》してやる！」

ぎゃあぎゃあ喚《わめ》くシメオンに、チャドが呆《あき》れたように告げた。

「落ち着け王よ、王妃様を奪還すればいい話だ。王ほど強い男がこの国にいるか？　あんたが本気を出せば一刻も経たない内に勝負がつくはずだ。違うか？」

「無論だ」

顎《あご》を上げるシメオンに、アナベルは尊敬の眼差《まなざ》しを向ける。

「まあ、本当ですか？　是非《ぜひ》シメオン様のご勇姿を拝見させてください。私、井楼《せいろう》にて待っておりますから！」

「ああ、すぐに浚《さら》いに行くぞアナベル。覚悟しろ」

「きゃーっ、楽しみですぅ！」

フォルクスは、鼻の下を伸ばすシメオンを見て満足そうに微笑《ほほえ》むと、アナベルに手招きをした。

彼女は首を傾《かし》げながらもシメオンの膝《ひざ》から降りてフォルクスのもとへ行く。

シメオンは名残惜《なごりお》しそうにそれを見送っていたが、アナベルがたちまち側近達に取り囲まれる様子を目にし、椅子から立ち上がった。

「おい、アナベルをどうする気だ！」

ベアルがひょいとアナベルを担《かつ》いだ。

身を乗り出し牙を剥《む》くシメオンに向け、間に立《た》ち塞《ふさ》がったフォルクスが掌《てのひら》を突き出す。

「おっと、王は手出ししないでください。一週間後の争奪戦まで王妃様は私共が預かります」

「なんだと⁉」

「そのほうが王も気合が入るだろ？　王妃様を取り上げられて鬼気迫る大将を見れば、騎士達の士気も上がるってもんだ」

チャドが執務室のドアを開けて、ベアルを外へ促《うなが》した。

「馬鹿な！　アナベル！　アナベルは俺の番《つがい》だぞ！」

「一週間後の王妃争奪戦で、その歴代最強と言われる獣人国王のお姿を国民の目に焼き付けてください。それが私共側近の願いです」

「それと、たまには王妃様をゆっくり眠らせてあげてよ、メルバ婆さんが怒ってたよ！　王は毎晩

「アナベルに無理をさせすぎだって！」

レッサードが戸口で大声で叫ぶと、ドルマンと共にベアルの後を追う。

「期待してるぜ」

最後にチャドがウィンクをして去る。

残された執務室でシメオンは茫然《ぼうぜん》と立ち尽くした。

＊　＊　＊

「――また取り逃がしたのか」

若き王は苦々しい表情で、報告に来た側近を睨《にら》む。側近は頭を垂れた。

「どれだけ警備を強化しても、獣人国の隠密に簡単に入り込まれてしまう。直接話そうとしても逃げられる」

「最近は王女様とアナベル様との伝達役に徹しているようですな」

王は、かつて父が使っていた執務机の上に肘《ひじ》をつく。

シメオン王にアナベルの帰郷を申し入れたが、丁重に断りの返事が来た。

正妃に迎えたというが、とても信じられない。人間国と積極的に関わることを好まず、獣《けもの》の血を何より重んじるという獣人が、よりにもよって王族に人間を迎え入れるなど考えづらかった。

妹はいずれ必要になった時のための人質として軟禁されているのではないか、そう推測している。

王は昔に思いを馳《は》せる。

暴君の父に奴隷のように扱われ屈辱に耐え続けた日々は、その殆《ほとん》どが苦く痛いものでしかない。

しかし、その中で唯一彼に希望を見出させてくれたのが、幼い妹の姿だ。

九番目の王女として生まれた彼女だけは、決して父に屈しなかった。

生意気な態度に腹を立てた父に足蹴《あしげ》にされても、涙の一つもこぼさず、澄んだ大きなエメルドの瞳で父を睨《にら》んでいた。絶望に沈むことなく、自らの心を曲げることなく、静かに挑むその小さな姿は尊く、彼の心を強く打ったのだ。

父から国を奪うことを決意させたのは他でもない、あの妹の存在だった。

アナベルの腹違いの兄である王は望んでいた。

あの強く美しい妹と共にこの国を再建することを。

「……どうしても妹を取り戻したい」

「陛下、しかし、獣人国に忍び込むのは至難の業《わざ》です。彼らの目を盗んでアナベル様を奪還するなど」

「どうにかならないのだろうか？」

「せめて国内に入り込める機会があればいいのですが……」

そうやって王と側近が話す様子を、窓の外でじっと見つめる黒い影があった。

彼は暫《しばら》くそうした後、そっと音もなく姿を消した。

＊　＊　＊

執務室での睨《にら》み合《あ》いはまだ続いていた。

シメオンはしっぽをゆっくりと振り、牙を剥《む》いている。間合いを取りながら、年長の側近に襲いかかる隙を狙っていた。

一方フォルクスも神経を研ぎ澄ませ、僅《わず》かの隙も見せぬように腰を下としてゆっくり移動する。大きな黄金色のしっぽが外套《がいとう》の下で揺れていた。

「俺からアナベルを取り上げるとはいい度胸だフォルクス。どうやら命が惜しくないと見える」

「貴方こそ王の使命をお忘れになったと見えますね。その腑《ふ》抜《ぬ》けた様《さま》を各村の長《おさ》や騎士達にお見せになるおつもりですか？」

「誰になんと思われようと構わん。俺より王に相応《ふさわ》しい者などこの国にはいないのだから」

「レッサードが以前申していた通りです。分かっていらっしゃいますか？　貴方の王としての振る舞いがそのままアナベル様の評価になる」

シメオンは、ぐっと言葉に詰《つ》まる。

「メルバ婆が苦心してあの爺い共を言いくるめてくれたというのに水の泡にするおつもりですか？始祖を同じくすると言ってもそれを証明する術《すべ》はなく、何よりアナベル様はしっぽも耳も持たぬのです。アナベル様の立場を磐石《ばんじゃく》なものとするには、王である貴方が今以上にその存在価値を国民に示すより他ないのですよ！」

動きを止めると大きく息を吐き、額《ひたい》に手をやった。

「…………っ、分かった。務めは果たそう。だからアナベルを……」

「そうは参りません」

フォルクスは額《ひたい》に滲《にじ》む汗を拭うと、パチンと指を鳴らす。すると、窓の外に見慣れた黒ずくめの獣人が姿を現した。

「バッド。戻ったのか」

「今朝、アナベル様とイチャついている貴方の代わりに、私が報告を受けました」

バッドはそっと窓を開けて執務室に入ると、シメオンの前に膝《ひざ》をつく。

「アナベル様の兄上、故郷の現王がアナベル様の奪還を計画しています」

「なに!?」

「兄上は過分に王妃様に執着がおありになるようで……諦めきれぬようです。獣人国に忍び込む隙を窺《うかが》っているようでした」

フォルクスが腕を組み、シメオンを見た。

「王よ、いくら封書を送ったとて納得できないのなら、見せつけるしかないと思いませんか？」

「……わざと侵入させるというのか」

フォルクスは頷《うなず》いた。

「北門の警備を緩くし、あの国へはバッドを通じてそれとなく情報を流して誘導します」

「なるほど、俺が傍《そば》にいればアナベルには容易に近付けない。……そのためか」

「王妃争奪戦当日に上手《うま》く誘い込みます」

シメオンはニヤリと不敵に笑う。

「……いいだろう。俺が一掃してやろう。俺からアナベルを奪う者には容赦はせぬ」

「せいぜい派手に暴れてください。期待しておりますよ」

優秀な側近はグリーンの瞳を細めて微笑《ほほえ》んだ。

＊　＊　＊

アナベルは城の離れに通された。

王妃争奪戦まではここで過ごすようにと側近達に言われ、戸惑《とまど》いながらも頷《うなず》く。

彼らがここまでするのには何か理由があるのだろう。

獣人国のしきたりについては未だ勉強中であるから、余計なことをしてシメオンの立場を悪くするのは避けたい。シメオンに対しては時にぞんざいな態度を取る側近達だが、彼を尊敬して忠誠を誓っていることは充分に理解していた。

きっとシメオンのためなのだろう。

それに、アナベルが退屈しないように、侍女や家臣らが代わる代わる離れに様子を見に来てくれる。

常に傍《そば》にシメオンがいる生活であったため城で働く他の獣人達とあまり交流がなかったので、彼らと親睦《しんぼく》を深めるよい機会だ。

しかし、夜になるとどうしても寂しくなる。

隣に温《ぬく》もりを探してしまう。

頼るべきものが何もなかった故郷での生活をふと思い出す。

常に張《は》り詰《つ》めた糸のような精神状態で過ごしていたあの頃。凍《こご》えるように寒い部屋で、冷たい寝具の中で踞《うずくま》って震えていた夜。

それが当たり前だったのに、随分と贅沢《ぜいたく》に慣れてしまった。

シメオンから惜しみなく注がれる温かい愛情に浸《ひた》り、甘える日々のなんと幸せなことか。

それを改めて感じた。

（シメオン様は寂しくないだろうか、毎晩のしっぽのブラッシングを楽しみにしていらしたのに……）

心配と寂しさをなんとか押しやり、愛する人に会える日を夢見てアナベルは目を閉じる。

再び会えたその時、自分はどうなってしまうのか。

溢《あふ》れ出《で》る想いに溺《おぼ》れてしまいそうで、少し怖かった。

＊　＊　＊

一方シメオンも、アナベルがいないベッドの上でもんどりうっていた。

番《つがい》が傍《そば》にいないことに全身が酷《ひど》く飢餓《きが》している。

「アナベル……」

愛しい俺の番《つがい》。

優しく柔らかい俺の唯一。

たかが一週間だと己に言い聞かせるが、強く求める気持ちが抑えられない。

ああ、この手で彼女を取り戻したなら、決して離しはしない。

すぐにここに連れてきて愛を交わすのだ。

あの惹《ひ》かれてやまない甘露《かんろ》を思う存分味わおう。

愛の言葉を降り注ぎ、蕩《とろ》けさせて鳴かせるのだ。

しかし、そのためには果たさねばならないことがある。

それを完璧に仕上げるために、存分に英気を養わねばならない。

シメオンは無理やり目を閉じた。


こうして、様々な思惑《おもわく》を孕《はら》んだ『王妃争奪戦』当日がやってきた。

空は雲一つない晴天で、小鳥がぴちゅぴちゅと鳴き声を上げて絡まりながら横切っていく。

その長閑《のどか》な景色とは裏腹に、会場となるだだっ広い鍛錬場の空気はピリピリと張りつめていた。

中央には三階ほどの高さの井楼《せいろう》が組まれ、それを背に四人の側近達が仁王立《におうだ》ちする。

更にそれから十馬身ばかり離れた位置に、護衛役の兵士が剣を握り待ち構えた。

攻撃役の兵士達は東西南北に分かれて隊を組み、今や攻めかからんと剣を掴み、開始の太鼓が鳴るのを待ち構えている。

やがて、城のバルコニーにずらりと並ぶ音楽隊がファンファーレを奏でると、楼上の奥より審判役のフォルクスに手を引かれ、王妃がゆっくりと姿を現した。

王妃は皆を見回し、大きく手を振る。

紅《あか》い土埃《つちぼこり》が舞い上がる殺風景な会場の中で淡い水色のドレスと長い髪をたなびかせる可憐《かれん》なその姿は、兵士達の目には地上に舞い降りた天女のごとく映り、各々が溜め息を漏らした。

そんな中たった一人、御しきれぬ殺気を身体から放ち、周囲を震え上がらせている獣人がいる。

鍛錬場を囲む高い土塀の上に微塵《みじん》も動かず一人立つその男は、王妃の夫であり、この国の王、シメオン。

一際長身のその身体には防具一つも見当たらない。

いつものように黒い長衣に黒いブーツのいでたちで、襟《えり》を鼻の下まで立てて顔半分を隠している。

風になびく銀色の髪から立ち上がる黒い耳と、透《す》き通《とお》るようなアメジストの瞳が真っすぐ向かう先は、中央の井楼《せいろう》。

彼の番《つがい》である王妃がいる場所だ。

楼上に白い腕が揺れる様《さま》を目の端に捉《とら》え、シメオンはしゅううと息を吐いた。

紫の玉の中に灯《とも》る朱色の炎が、みるみる視界を覆《おお》っていく。

「我が妃よ……」

シメオンは唸《うな》るように呟《つぶや》いた。

井楼《せいろう》の下に設置された大きな太鼓に、ベアルが枹《ばち》を持って近付く。大きく振りかぶり、思い切り振り下ろした。

重低音の波動が鍛練場全体に響き渡る。

しかし、その余韻はすぐに騎士らが上げる鬨《とき》の声にかき消された。

舞い上がる砂埃《すなぼこり》の中、土が鳴る音と剣がぶつかり合う金属音が会場に充満する。

四人の側近達は腕を組み、仁王《におう》立《だ》ちのまま動かない。

彼らは、獣人国を支える柱である五つの村から王の側近となるべく選ばれた精鋭である。

つまり、その戦闘能力は群を抜いたものであり、それぞれがその強さについての逸話を持つ英雄なのだ。

そう、小柄で可愛らしい外見のレッサードすら例外ではない。

アナベルが井楼《せいろう》の手摺《てすり》から身を乗り出した。

激しい戦闘を前にすれば大概の婦女子は目を覆《おお》うものだが、アナベルはそうではない。自らが武道を齧《かじ》っているせいか、できれば交ざりたい、と考えるほど心を沸き立たせていた。

「今のところ攻撃では東が優勢ね。北は守護に押され気味、西は南の勢いに便乗するつもりね」

「流石《さすが》アナベル様、素晴らしい分析です」

「シメオン様のお姿が見えないようだけど……」

キョロキョロと見回すアナベルに、隣に立つフォルクスは微笑《ほほえ》む。

「おりますよ。シメオン様は真っ直ぐにこちらへ向かっておいでです」

「ええ！　何処《どこ》!?」

アナベルは愛しい夫の姿を探す。

「まあ、その内現れるでしょう。それより、ほら、守りを抜けた騎士がやってきたようですよ。ここからは側近達が迎え撃ちます」

その言葉に、階下を覗き込んだ。井楼《せいろう》を取り囲む側近達の見慣れた姿が見える。その中から進み出たのはドルマンだ。

「ドルマンはその素早さとスマートな戦闘スタイルが特徴です」

「あの、四人とも武器を持っていないわよね？　大丈夫なの？」

フォルクスは笑みを深める。

「必要ありません」

ドルマンは向かってきた騎士の懐《ふところ》に素早く潜り込み、一突きする。相手の身体がよろめいたところに鮮やかな跳び蹴りを決めた。

騎士の身体は宙に浮き、ドサリと地面に落ちる。舞い上がった土埃《つちぼこり》が風に吹かれ、後方へ流れた。

アナベルはあまりに呆気《あっけ》ない勝敗に驚き、背筋を伸ばして手を払う、いつも優しくジェントルマンな黒毛の獣人を凝視した。

「アナベル様、是非《ぜひ》、ドルマンにお言葉を」

フォルクスに言われ、慌てて下に向かって声を掛ける。

「ドルマン！　凄《すご》い！　素晴らしいわ」

ドルマンは顔を上げてアナベルを見た後、胸に手を当てて低頭した。

「かあっこいいぃぃぃ～！」

「シメオン様が聞いたら激しく嫉妬《しっと》するでしょうね」

その後も次々と獣騎士達が現れたが、側近達が代わる代わる、いとも簡単に片付けていく。

アナベルはその強さに圧倒され、見惚《みと》れた。

怪力で騎士を投げ飛ばすベアル。

トリッキーな身のこなしで騎士を翻弄《ほんろう》するレッサード。

豪快だが無駄のない動きで騎士を退《しりぞ》けるチャド。

のほほんとした普段の姿とはかけ離れた華麗な戦いぶりに感動し、アナベルは声援を送りつつ、興奮して跳び跳ねた。

「それにしても少し不公平では？　守護役は半数の騎士に加えて、あの四人がいるわけでしょ？」

鉄壁の守りを前に、思うように攻め込めない攻撃役は、後方へジリジリと追いやられていく。

「おや王妃様、貴女の夫をお忘れですか？　シメオン様はこの国最強の戦士ですよ」

「でも、流石《さすが》にこの人数とあの四人が相手では……」

アナベルはフォルクスを振り返る。

その直後、背後で獣騎士達の野太い悲鳴が上がった。

「……いらっしゃったようですね」

フォルクスの言葉に弾《はじ》かれたように、アナベルは身体の向きを変え、目を凝《こ》らす。

それはまるで疾風のように騎士達の間を縫って現れた。

その黒い影が通り過ぎたところから騎士らの身体が弾《はじ》け跳び、地面に沈んでいく。一切の反撃を許さない驚異的な強さを前に騎士達が怯《ひる》む。

何より、その身体から噴き出す絶対的強者のオーラ、迸《ほとばし》る殺気。

「シメオン様!!」

アナベルは手を握り合わせて歓喜の声を上げた。

(ああ！　やはりあの方に敵うものはいない)

禍々《まがまが》しいばかりの空気を纏《まと》っていても、彼女の目には誰より光輝いて見える。

あの至上の美しさを持つ存在が私の夫なんて……！

アナベルはその幸せに身を震わせて悶《もだ》えた。

「す、素敵すぎますぅぅぅ～!!　いやぁ、もう、これ以上虜《とりこ》にさせてどうするおつもりですかぁ、きゃぁぁぁ」

手摺《てすり》に掴まって身悶《みもだ》える王妃に生温かい眼差《まなざ》しを向けた後、フォルクスはふと階下を窺《うかが》う。そして、すっとアナベルから距離をとった。

井楼《せいろう》の階段をかけ上がる足音を耳にして、アナベルは振り返る。

まさか四人を振り切って誰かがこの場所にたどり着いたのか？　シメオンに意識が向いていたために気付かなかった。

ところが、階段を上がって現れた者達は、獣騎士ではなかった。

赤いマントを身につけ、些《いささ》か仰々《ぎょうぎょう》しいほどの金属の鎧《よろい》で身を固めた三人の兵士。彼らの頭上に耳はない。

「おや、貴殿方は何者です？　何処《どこ》から入り込みました？」

フォルクスがやけにのんびりとした口調で彼らに問い掛ける。

ブロンドの髪を短く刈り込んだ中央の兵士が口を開いた。どうやらこの男が三人のリーダーらしい。

「我らはそこにおられる九番姫様の母国の者である。王の命により、姫様を奪還しに参った。王女は我が国になくてはならないお方、獣人国に飼われるようなお人ではない」

アナベルは息を呑む。フォルクスは腕を組み、首を傾《かし》げた。

リーダーの両脇にいた兵士らが、丸腰の側近に向かって剣を構え進み出る。

「王女をお返しいただこう」

フォルクスは沈黙し、微塵《みじん》も動かない。

しかし、外套《がいとう》から覗く茶色のしっぽが僅《わず》かに揺れているのをアナベルは見た。

ブロンドの男がアナベルに進み寄り、その腕を取って引き寄せる。

「姫様、私共と一緒に参りましょう」

「私は獣人国の王妃となりました。兄上もご存知のはずです」

「人間が獣人と番《つが》えるなどあり得ません。貴女は利用されているとお考えです」

「それは誤解よ」

「王は貴女を強くお望みです。どうか我が主《あるじ》のために、ひいては祖国のために、その御身を奉じてください」

アナベルは当惑し、チラリと聡明な側近に視線をやる。

フォルクスは横目でこちらを見て、しっぽを大きく振った。

彼には考えがあるのだ。

アナベルはそう確信する。

そもそも、みすみす他国の人間の侵入を許すこと事態が不自然。最強の護衛を突破し、こんな場所まで到達できるはずがないのだ。

アナベルは兵士に従った。抱き込まれたまま井楼《せいろう》の階段を下りる。

残りの兵士達もフォルクスを牽制《けんせい》しつつ後に続いた。

井楼《せいろう》の周辺では、四人の側近達が獣人騎士らと組み合っている。どうやら、シメオンの怒涛《どとう》の攻めにより勢いを取り戻した攻撃役が、押し寄せているようだ。

ブロンドの兵士がアナベルに自らが纏《まと》うマントを被《かぶ》せた。この混乱に紛《まぎ》れて逃げ出す算段のようだ。

井楼《せいろう》から出て数歩進んだところで、アナベルは突如、ビリビリとした殺気を背中に感じて足を止めた。

みるみる空気が張りつめ、騎士達の怒号と剣のぶつかる金属音が小さくなっていく。兵士らもそれを感じたらしく、恐る恐る背後を振り返った。

兵士の一人が息を呑み、ブロンドの兵士に囁《ささや》く。

「隊長……っ、獣人王です」

アナベルは後ろに顔を向ける。

そこには、凶悪な面相でこちらを真っ直ぐ睨《にら》む獣人がいた。

銀色の髪を逆立て鼻にシワを寄せ、低く掲《かか》げられた両手の指の関節を、ゆっくりと動かしている。

何より、その全身から立ち上るどす黒い気は凄《すさ》まじく、周りの騎士達はたちまち圧倒されて自ずと跪《ひざまず》く。

「我が妃を何処《どこ》へ連れていく」

唸《うな》るように発せられた声は空気を切り裂き、兵士達の身に届く。

縮み上がる二人の兵士の背中を気丈にも押し退け、ブロンドの兵士は額《ひたい》に脂汗《あぶらあせ》を滲《にじ》ませながらも大声を上げた。

「九番姫は我が国にお返しいただく！　元よりこちらから無理やり押し付けた縁談ゆえ、そちらに異存はないであろう」

「我が妃をそのような名前で呼ぶな。不快な。取り消せ」

激しい怒りを向けられ、兵士が怯《ひる》む。

「ア、アナベル王女は人間であられる。兄である王は、獣人に囲まれ肩身の狭い思いをさせるのは忍びないとお考えだ。獣人王は獣人の番《つがい》をお迎えになればよい！」

「俺はアナベルを一生の伴侶と定めた。それは何人たりとも覆《くつがえ》せぬ。一度差し出したものを許可もなく盗むとは、まこと人間とは厚かましい。俺は礼儀を弁《わきま》えぬ者に容赦はせぬ。……覚悟はできているだろうな？」

シメオンはゆっくりとこちらへ近付いた。

兵士らは剣を構えるが、手の震えが剣身に伝わり、方向が定まらない。

（いけない……今のシメオン様では、力を加減できないのでは……）

丈夫な獣人ならいざ知らず、人間は脆《もろ》い。一撃で命を奪ってしまうこともありえる。

アナベルはブロンドの兵士の腕の中で目を瞑《つむ》り、大きく深呼吸をした。

そして、上体を前に倒してゆっくりと目蓋《まぶた》を上げるのと同時に伸び上がり、後方に向けて思い切り頭を反《そ》らした。

ガッ。

顎《あご》にアナベルの頭突きを受けた兵士がよろめき、腕を緩める。

アナベルはすかさず抜け出し、鎧《よろい》に覆《おお》われた足首を内側から思い切り蹴った。

重厚な鉄の鎧《よろい》を身に付けた兵士はその重さに耐えきれずバランスを崩し、倒れた。残りの二人は為《な》す術《すべ》もなく、その様子を唖然《あぜん》と眺めている。

アナベルは赤色のマントを脱ぎさり、水色のドレスを掴んで裾《すそ》を上げると、真っ直ぐにシメオンに向かって走り出した。

＊　＊　＊

シメオンはアナベルの鮮やかな攻撃に見惚《みと》れながらも、走ってくる彼女を迎えるべく、殺気を納めて両手を広げた。

「シメオン様!!」

「アナベル!!」

しかし、抱き締めようと伸ばした腕は空を掴む。

見下ろすと、アナベルがシメオンの足元に膝《ひざ》をついていた。

「シメオン様！　しっぽを出してください」

「アナベル？　何を……」

「早く！」

急《せ》かされて、シメオンはおずおずと外套《がいとう》からしっぽを取り出す。

アナベルはその黒くて先っぽが白いしっぽを両手で抱え、キッとシメオンを見上げて声を張り上げた。

「私はシメオン様の妃。貴方とこの獣人国に一生を捧《ささ》げる覚悟です」

そして、しっぽに顔を寄せ、口付ける。

「シメオン王に永遠の忠誠を誓います」

周囲が静まり返り、その後、大歓声に包まれた。

獣人騎士達は剣を放り投げ、肩を組み合う。城のバルコニーでイベントを見学していた来賓や音楽隊も立ち上がり、拍手を送った。

「王妃様万歳！　シメオン王万歳！」

シメオンは呆気《あっけ》にとられてアナベルを見下ろす。彼女は照れ臭そうに微笑《ほほえ》んで立ち上がり、抱きついてきた。

「シメオン様、お会いしたかったです」

「アナベル……………」

「戦うお姿に惚《ほ》れ惚《ぼ》れしました。本当に私の旦那様は格好良い……この世の誰も貴方には敵いません」

シメオンは愛しい妃を抱き締める。

「しかし、俺はお前には敵わぬ。決して離れるな、俺のアナベル、俺の唯一」

「シメオン様」

四人の側近にフォルクスが加わり、その様子を微笑《ほほえ》みながら見守る。

尻をついて座り込むブロンドの兵士と両側で膝《ひざ》をつく二人の兵士は、茫然《ぼうぜん》とその様子を眺めていた。フォルクスは彼らに歩みより、得意げに見下ろす。

「ご覧になられたでしょう？　アナベル様は王と国民に充分愛されておいでです。我が獣人国になくてはならないお方だ」

「……馬鹿な、姫様が本当に獣人と……」

「この光景が真実です。姫様の母上は獣人と祖を同じくする部族のご出身だとか。我ら獣人は決して番《つがい》を見誤ることはない。アナベル様は真実シメオン王の番《つがい》、我が国の王妃です」

兵士達は顔を見合わせ、ゆっくりと立ち上がる。それに気付いたアナベルはシメオンを促《うなが》し、兵士達のもとに行った。

「兄上の申し出はお受けできないと伝えてください。私はこの国を離れたくはありません」

ブロンドの兵士は悲しげに眉を下げながらも頷《うなず》く。

「獣人国へ侵入するなど、並大抵の覚悟ではできないこと。命を顧《かえり》みず王の命を遂行しようとする貴殿方は王である兄にとって得難き臣。素晴らしい忠誠心です。それほどの人が支えてくれるのであれば安泰です。私の手など必要ない」

「アナベル様……」

兵士達は目を潤《うる》ませて、アナベルをじっと見つめた。

「私は幸せです。ご心配には及びません。遠い空の下で同じ辛《つら》い時を耐え抜いた兄妹の幸せを祈って参りましょう」

＊　＊　＊

「姫様の機転が功を奏しましたね」

フォルクスは獣騎士に連れられていく兵士達を見送りながら、満足げに微笑《ほほえ》んだ。

「わざと彼らを国内に誘導したのね」

「アナベル様の兄上が中々諦めてくださらないので。王の強さを内外に充分知らしめることができましたし、王妃様の好感度も上がり、私としてはこれ以上ない結果となりました」

兵士らには、赤い色は獣人を退《しりぞ》けると嘘の情報を流し、赤いマントを身に付けさせた。そして獣騎士らには、当日赤いマントを羽織《はお》った者を見かけても決して近寄らぬように通達したという。

「バッドを使って偽情報を与え、王妃争奪戦の数日前から北門の警備を緩くしました。面白いように引っ掛かってくれましたよ」

フォルクスは口に手を当ててクスクスと笑った。

「フォルクスは我が国の頭脳だ。しかし、少しばかり悪趣味だ」

「ええ。敵に回したくありませんね」

シメオンとアナベルは小声で囁《ささや》き合う。

「なあ、争奪戦はどうなるんだぁ？」

地面に尻をつけて座っているベアルが訊《き》いた。

「しまいだろ、王妃様は王に口付けしちまったし」

「でも、僕達とはまだ戦ってないよね？」

「久しぶりにやりあえると思ったのになぁ」

「一番の功労者なんていますか？」

シメオンは仏頂面で側近達を見回す。

「知るか。後はお前達に任せた。勝ち抜き戦でもくじ引きでもなんでもやればいい。俺達は抜ける」

側近達は顔を見合わせ、苦笑いをした。

「御意。ごゆっくりどうぞ」


シメオンはアナベルを抱き締め、湯気が立ち込める湯の中に浸《つ》かった。

細い腰を掴み、自らの上に向かい合わせで乗せると、すかさずその柔らかい唇を食《は》む。アナベルはシメオンの肩に手をかけて、それに応えた。

身の内から溢《あふ》れ出《だ》す熱と身体を包む温かい湯が、お互いの体温を急速に引き上げていく。

「アナベルが傍《そば》にいない日々は牢獄のようだった……中々寝付けず辛《つら》かったぞ」

「私もです。毎晩シメオン様を想っていました」

「いつにも増して加減してやれないかもしれない」

「私はシメオン様の番《つがい》です。受け止めてご覧に入れます。如何様《いかよう》にも可愛がってください」

「ああ、アナベル……っ！」

シメオンはアナベルの白い喉に噛みついた。ゆっくりと舌で愛撫《あいぶ》しつつ、膨らみを掴んでその柔らかさを堪能《たんのう》する。

既《すで》に滾《たぎ》る下半身を膝上の華奢《きゃしゃ》な身体に擦《こす》り付《つ》けながら両の蕾《つぼみ》を捏《こ》ねると、アナベルが甘い声を上げて顔を反《そ》らせた。

シメオンは舌を出して蕾《つぼみ》を舐《な》め上《あ》げる。小刻みに揺らし、強く押し込めて固く尖らせていく。優しく、執拗《しつよう》に、やがて激しく。そうやって徐々にアナベルの官能を引き上げていった。

「はぁっ、シメオン様っ」

アナベルはシメオンの髪に手を差し入れ喘《あえ》ぐ。

シメオンは荒い息を吐きながらも彼女の身体を味わう。普段はゆっくりとした愛撫《あいぶ》を好むアナベルも、いつもより早く快楽を得ているようだ。その温度と肌から匂い立つ甘い香りがシメオンにそう教えてくれる。

性急に求める心と身体を理性で抑制して、精一杯優しく触れた。こうして愛しい番《つがい》のために尽せることが嬉しく、欲望だけではない幸福感をシメオンに与えてくれる。

アナベルがもどかしげに腰を揺らす様《さま》を確かめて、シメオンは湯の中に片手を差し入れた。

下腹部を撫《な》で回して焦《じ》らすと、アナベルが切ない溜め息を漏らす。その吐息の熱さに煽《あお》られて、潤《うるお》う泉に指を伸ばした。割れ目を何度も行き来させ、そこがたっぷりと蜜で潤《うるお》っていることを確かめる。そのまま指の腹を小さな粒に当て、そっと押した。

「はっ、いやっ、ああっ……！」

跳ねる身体を片手で抱え込み、秘豆を暴き弾《はじ》くと、アナベルはシメオンの頭を抱き込み柔らかな胸を押し当てる。シメオンは密着する肌の甘い香りを思い切り吸い込んだ。そうしながらも指は止めない。ぷっくりと膨らんだ小さな突起をくりくりと優しく撫《な》でる。アナベルが妖しく腰をくねらせた。

「い、いやっ、だ、だめですぅ、あ、はあっ」

シメオンは花弁を探《さぐ》り、指を中に潜らせる。その蕩《とろ》けるような感触に、理性が焼き切れていく。

くちゅくちゅと指を出入りさせつつ、もう一方の手で、硬く張《は》り詰《つ》めた己のものを握った。

「アナベル、そろそろお前の中に入れてくれ、爆発してしまいそうだ」

「あ、はぁっ、シメオン様、私も、もう……」

アナベルの腰を掴むと、上を向いて勃《た》ち上《あ》がる己のモノの上に、ゆっくりと落としていく。待ちわびた柔らかい肉襞がたちまち竿《さお》を包み込んだ。

「ああ、いい……アナベル……っ、お前の中はなぜこんなにも気持ち良いのだ……はあ……ピッタリと貼り付いて、俺を奥に誘《いざな》う」

「んん……はあっ、ああ、シメオン様、気持ち良いです、もっと奥へ」

「奥へ欲しいのか？　激しくしてほしい？」

アナベルが羞恥《しゅうち》に目を潤《うる》ませて頷《うなず》いた。

「シメオン様をもっと感じたいのです。ずっと足りなくて寂しかった……どうか、アナベルにシメオン様を刻み込んでください」

「なんと、可愛いことを……!!」

シメオンは彼女の腰を固定したまま、グイッと腰を突き上げる。

「ああっ！」

アナベルが悲鳴を上げた。みっちりと隙間なく埋められた竿《さお》でぐりぐりと中を掻《か》き混《ま》ぜると、膣壁がうねうねと蠢《うごめ》き、シメオンを締め付け絞り上げる。

「くっ、アナベル、そんなに引き留めてはすぐにイってしまう」

「はあっ、だけどっ、止まらないのです。シメオン様、どうかこのまま……」

その言葉に従い容赦なく腰を抜き差しした。アナベルの身体が激しく揺れる。湿って甘い香りを放つ灰色の髪が乱れ舞う。湯面がちゃぷちゃぷと波打ち、湯気が乱れた。

アナベルはシメオンにしがみつきながら高く甘い声を上げ続ける。その声に煽《あお》られ、シメオンの中に焦燥にも似た愛しさが込み上げた。

「はあああっ、アナベル、片時も離れたくない……っ、俺の番《つがい》……っ！」

膨れ上がる快感がお互いを高みへと運ぶ。アナベルがシメオンの首を掻《か》き抱き、声にならぬ悲鳴を上げた。激しく躍動する膣襞から、絶頂を迎えたことを知る。

やがて――

ぐったりと凭《もた》れ掛《か》かるアナベルをきつく抱き締めながら、シメオンはその熱い蜜壺の奥に迸《ほとばし》る白濁を注ぎ込んだ。

快楽の余韻に浸《ひた》りながらも、離れ難い二人は身体をピッタリと寄せ合う。

「アナベル、最高に気持ちが良かった」

「私もです。シメオン様、こうしてお傍《そば》にいられることが何より嬉しい」

「よくもこんなに長く離れていられたものだ。気を失いそうなほどの苦しみを味わった。二度とこんなことはさせない」

シメオンはアナベルを膝《ひざ》に乗せ、後ろから抱き締める。髪に頬を擦《こす》り付《つ》けて囁《ささや》いた。

「公務にも手を抜かぬよう努力しよう。アナベルは隣で見張っていてくれ」

アナベルは喉を鳴らして笑う。

「ふふ。分かりました。優秀な側近達に愛想を尽かされないように頑張りましょう。噂には聞いていましたけれど、本当に皆、強くて素敵でしたもの」

「そうか。あいつらは五大村から選出された精鋭だからな」

「それぞれが自らの特性を熟知した上で繰り出す技、無駄がなく美しい戦闘姿。惚《ほ》れ惚《ぼ》れしました」

「……ふぅん。そんなによかったか」

「ええ！　それはもう、うっとりしました」

シメオンは彼女の顎《あご》を掴み、背後に向けた。肩越しに見えるアメジストの瞳が剣呑な光を帯《お》びていることに気付き、アナベルは息を止める。

「……面白くない。アナベルが他の雄を褒める言葉など聞きたくない」

「も、勿論《もちろん》、シメオン様が一番素敵でした！」

「当然だろう。俺がこの国では最強の雄であり、アナベルの番《つがい》だ。誰も敵わぬことは分かっている。しかし、俺は欲が深い。お前の身体も心も常に俺に向けてほしいのだ」

腹に回していた手を胸の膨らみに映し、シメオンは両の蕾《つぼみ》を捻《ひね》る。再び与えられた愉悦に、アナベルが身動《みじろ》ぎした。

「わ、私はいつも、シメオン様のことを思っておりますっ」

「疑っているわけではない。事《こと》お前のことになると狭量になる俺を許せ」

くにくにと先端を捏《こ》ねながら耳穴に舌を差し入れすると、アナベルはムズムズと全身に広がる疼《うず》きに悶《もだ》えた。

「あっ、はあっ、では、シメオン様で私をいっぱいにしてください。何も入り込めないよう……」

「ああ、アナベル……そうしてやろう。俺のことしか考えられぬよう僅《わず》かの隙間もなく満たしてやる」

先ほど受け入れたばかりであるというのに、アナベルの身体は背後にある逞《たくま》しい雄のものを欲してざわめく。欲深い自分に抱く罪悪感はもはや消え去り、焦《じ》れた熱がアナベルを突き動かしていた。

胸に当てられたシメオンの手に自らの手を重ね、硬さを取り戻した剛直にお尻を擦《こす》り付《つ》ける。

「あ、シメオン様、淫《みだ》らなアナベルをお許しください。けど、貴方が欲しくてたまりません」

「ふっ、可愛いアナベル……許すなど。もっと欲しがれ。もっと俺を求めてくれ」

首を舐《な》め上《あ》げると、アナベルは顎《あご》を反《そ》らす。膣が痛みを伴うほどきゅうと収縮した。シメオンは焦《じ》らすように湯の中の肌を撫《な》で、それが引き起こす水流でもアナベルを嬲《なぶ》る。

「シメオンさまっ、早く……！」

急《せ》かす彼女の腰を掴み、湯から引き上げた。アナベルを温泉を取り囲む白い岩に掴まらせ、腰を高く引き上げさせる。程《ほど》なく雫《しずく》の滴《したた》る膣口に、硬く張《は》り詰《つ》めた陰茎をあてがった。

「このようにヒクヒクとさせて……そんなに俺を欲しがってくれるのか」

「あ、すみません、でも、私っ……」

「謝るな、アナベル。俺は嬉しいのだ」

グチュ、と音を立てて進入する猛《たけ》りに、待ちわびていた膣がざわめく。アナベルは堪《たま》らず滑《なめ》らかな岩肌に縋《すが》り付《つ》いた。

「あ、ああっ、いいですっ、シメオンさまっ」

「うっ、アナベルっ……なんて……くっ」

膣の上部を擦《こす》ると、彼女は啜《すす》り泣《な》く。深く挿入した肉楔の雁首で襞を引《ひ》っ掻《か》いて快楽を与え、太ももを震わせた。

「あ、もう、だめですっ、イッちゃう……！」

「はっ、アナベル、しっかり掴まっていてくれ」

シメオンの言葉に従い岩にしがみつく彼女の腰を掴んだ手にぐっと力が入る。

与えられるであろう刺激を期待して花襞が妖しくうねった。

奥まで差し込んだ竿《さお》を膣口まで引くと、グポグポと音を立てて蜜が掻《か》き出《だ》され、内ももを伝う。

なんて淫《みだ》らな身体だろう。

アナベルは眉を寄せて熱い息を吐く。けれど、こうやって快楽に乱れる卑猥《ひわい》なアナベルをシメオンは喜び、更に求める。

シメオンは竿《さお》を再び差し込み、奥を突く。その衝撃から生まれた激しい快感に、アナベルは顔を上げ喘《あえ》いだ。

「あ、は、んんんーーーっ」

「アナベルっ……ああっ、いい……！」

ガンガンと送り込まれる律動にアナベルの身体が揺れる。激しく波打つ湯が岩を打ち、飛沫《しぶき》が上がる。

アナベルの腰をクイクイと引き上げながら熱棒で中を突くシメオンは、艶《なま》めかしく唸《うな》った。

アナベルは、自分はまるで仕留められ、息も絶え絶えな兎《うさぎ》のようだと思う。けれども、この圧倒的に強く魅力的な獣人に貪《むさぼ》られるなら本望だ。食い尽くされたいと強く願う。

やがて、深く楔《くさび》を打ち込んだ腹をシメオンは撫《な》で、苦しげに懇願《こんがん》した。

「アナベル……もう、限界だ。ここに放っていいか」

アナベルは白く霞つつある意識の中で必死で頷《うなず》く。もはや声は出なかった。

「ああ、アナベル、愛している。俺のアナベル、お前は俺だけのものだ……！」

心地よい独占欲の鎖がアナベルの全身を締め付け、縛る。彼女の中では、美しい獣《けもの》に捕らわれた愉悦がゾクゾクと湧き上がった。

シメオンはアナベルの背中にピタリとくっつき、強く抱き締めながら己を深く埋め込む。

「んあっ」

「くっ、はあっ」

抉《えぐ》るように奥を突き、アナベルを駆け上がってくる快感の大波に押し上げた。ビクビクと脈打つ楔《くさび》から熱い滾《たぎ》りを発射する。

アナベルはすぐに真っ白な世界に身を投げ出した。

＊　＊　＊

その後もたっぷりとアナベルを味わい尽くしたシメオンは、湯だってヘトヘトになった彼女を抱え上げて寝室に向かった。

（……覚悟していたけど、凄《すご》かった。前に後ろにあんな体勢で……）

アナベルは火照《ほて》った頬を逞《たくま》しい肩に擦《こす》り付《つ》ける。

「寝室でアナベルと共に寝るのは久しぶりだ」

しっぽがパタパタと揺れていた。アナベルはそれを見て、口許を緩める。

（本当にお可愛らしくてお強くて。私の旦那様は素敵なお方）

あの時は半ば衝動的にしっぽに口付けたが、心より思う。

この人のためなら命も惜しくない。

存在を厭《いと》われ酷《ひど》い言葉を投げつけられても立ち続けることは、簡単ではなかった。

不確かな未来に怯《おび》えながらも、それを決して表には出さず、姉妹のために矢面《やおもて》に立ち続けたのはただの意地だ。

そう、しぶとく生きることは、愚王である父への反抗だった。

決して不幸になるものかと、虚勢を張っていたのだ。

夜になり、一人ベッドの中で震えながら嗚咽《おえつ》した姿は誰も知らない。

そう、姉妹も兄も。

けれど今は、このちっぽけな命が役に立つのなら、愛しいこの人に捧《ささ》げたいと思う。

シメオンはベッドに優しくアナベルを横たえた。

隣に並び、毛布を掛ける。そして、いつものようにそっとアナベルを抱き込んだ。

「漸《ようや》くぐっすり眠れる。アナベルの寝息は俺の最高の子守唄なのだ」

「私もこの国へ来て、シメオン様のお傍《そば》で初めて本当に休めた気がします」

シメオンがアナベルの髪を撫《な》でる。

「俺のアナベル。よくぞ辛《つら》い日々を生き抜いて俺のもとに来てくれた。これからも俺はお前に愛を注ぎ続けよう、尽きることなく。俺のもとで安心して眠るがいい。悪夢でさえも退《しりぞ》けよう」

「シメオン様」

「俺は忠誠など要《い》らぬ、お前が傍《そば》で生きているだけで幸せなのだから」

アナベルはハッとして、シメオンを見上げた。彼は澄んだアメジストの瞳を細め、愛《いと》おしげにアナベルを見つめている。

「お前の痛みは俺の痛み。喜びもすべて分かち合いたい。捧《ささ》げるものなど要《い》らぬ。俺達は対等で一つ。番《つがい》とはそういうものだ」

アナベルは涙を滲《にじ》ませ、逞《たくま》しく温かい胸に顔を埋《うず》めた。

(私が命を投げ出すことがあれば、この人は自分を責め、自らの命を削るほど悲しむだろう)

逆も然別《しかり》。
そんなことがあれば、アナベルも生きていられない。
命を捧《ささ》げるなど、考えてはならない。
「シメオン様、ずっとお傍《そば》にいてください。私も決して離れません」
「無論だ」
シメオがアナベルの髪に口付ける。
私は生きていく。
愛しい唯一のこの人と共に。
それは、シメオンのためであり、自分のためでもある。
そう、自分のために生きるのだ。
この人の愛してくれる自分を愛そう。
アナベルは漸《よう》く掴んだ真実に、胸を踊らせる。
世界は更に色鮮やかに輝き始め、アナベルを優しく包んだ。
ああ、幸せだ。
明日が待ち遠しい。
貴方にまた会える明日が。
「ゆっくり休め、アナベル」
優しく髪を撫《な》でる手を感じ、アナベルは目を閉じた。

そう、でも今は安らかな眠りを。
愛しい私のシメオン様。
きっと、夢の中でもお会いしましょう。

番外編　側近達の番《つがい》物語

【チャド編】可愛いあの子

チャドは久しぶりに帰ってきた故郷の風景を目を細めて眺めた。

広大な砂漠を抱えながらも、村の中央に走る国内一大きな川の流域で豊富な農作物が採れる。

獣人国を支える五大村の一つだ。

チャドは道の先にある土作りの屋敷に歩を進める。

彼は村に何人かいる領主の家の出身で、つまり、お坊ちゃまだ。

といっても、村に身分の隔《へだ》たりは余りない。農民の子も領主の跡取りも平等で、同じ学校に通い、同じものを食べて育つ。

チャドは荷物を肩に担《かつ》いだ。

今回は妹の結婚式に出席するための帰省だ。

トンボ帰りのつもりだったのだが、王夫妻にすすめられて数日滞在することにした。

門をくぐり抜け実家の敷地内に足を踏み入れると、甲高《かんだか》く賑やかな声が聞こえてくる。

チャドは微笑《ほほえ》む。

ここは相変わらず近所の子供達の溜まり場になっているらしい。昔からの習慣で、この家は子供達に手作りの菓子を振る舞う。

故《ゆえ》に、自然と子供が集まってくるのだ。

「ロミ姉ちゃん！　俺にも頂戴！」

チャドは、おや、と思い、台所土間に面した広場を覗いた。

「だーめ！　順番だよ、ちゃんと並んで」

大きな籠《かご》を脇に抱えて男の子の鼻に指を突きつける女性が目に入り、首を傾《かし》げる。

明らかに家族ではない若い娘が、菓子を配っていた。

（はて？　どういうことだ？　それに、さっき、ロミって呼ばれていたな。なんだか聞き覚えがあるような……）

「あーー！　チャドさんだ！」

子供の一人が叫び、子供達がたちまちチャドの周りに集まった。

「チャドさん！　王妃様ってどんな人なの⁉」

「シメオン王の戦いの話が聞きたい〜！」

「チャドさん！　稽古つけてよ！」

「分かった、分かった。お前ら落ち着けよ」

両手を上げたチャドは、ふと、先ほどの娘に視線をやる。

グリーンのワンピースにエプロンを付けた娘は、籠《かご》を抱えて苦笑いしていた。高い位置で結ばれた栗色《くりいろ》の髪が揺れている。

そして頭上には白毛の耳。

（………可愛い娘だ）

「おや、チャド戻ったの？」

台所からひょっこり顔を出した母が娘の隣に並んだ。

「おう、暫《しばら》く厄介《やっかい》になるぜ」

「厄介《やっかい》なんて、貴方の家よ」

「えっと、その人は？」

「ああ！　ロミちゃんよ、大きくなったでしょう？　最近帰ってきてね、よく手伝ってもらってるの」

「お久しぶりです、チャドさん」

ロミ……

確かに聞き覚えはあるが。

チャドは記憶をたどった。


「——暫《しばら》く家で預かることになったから、面倒見てやってくれよ」

父に抱っこされた幼児は親指を咥《くわ》え、大きな琥珀《こはく》の瞳でじっとこちらを見ていた。

「チャドお兄ちゃんだぞ～」

父親は幼児をチャドの腕に押し付ける。チャドは慌てて抱きとめた。

幼児特有の甘いミルクの匂いがプンと香る。

「ロミちゃん、お兄ちゃんに沢山《たくさん》遊んでもらえ、な」

父がロミのホワホワの栗毛《くりげ》を撫《な》でた。

顔を覗き込むと、ロミは瞬《まばた》きした後、恥ずかしそうににっこり笑う。

それからロミを家族に迎えての生活が始まった。まだミルクを手放せずオムツも取れていないロミは手はかかるがそれ以上に愛らしく、たちまち一家のアイドルになる。

「チャド、あそぼ」

彼女は部屋で寝そべるチャドにトテトテと近付き、お腹にコテンと顔を乗せて彼を見た。

「いーぜ、ロミちゃん何して遊ぶ？」

チャドは身体を起こしてロミを抱き上げる。

「鬼ごっこ！　チャドがおにしゃん、ロミにげる」

「よし、庭に行くか」

彼には妹と弟が四人いるが、ロミは殊更《ことさら》チャドに懐いた。

学校と道場に毎日通うチャドは忙しく、家にいる時間は長くない。しかし、ロミはチャドの姿を見つけると、それは嬉しそうな顔をして駆け寄ってくる。そして、両手をめっぱい伸ばして強請《ねだ》るのだ。

「チャドだっこ」

それこそ弟妹の面倒を散々見てきたチャドだったが、ロミの可愛らしさは格別だった。

彼は何よりもロミを優先し、世話を焼く。

彼女は度々枕を引きずりながらチャドの部屋を訪れて、布団に潜《もぐ》り込《こ》む。チャドはその小さな背中をトントンと優しく叩きながら共に眠った。すぅすぅという寝息を聞くと、とてつもなく幸せな気持ちになったのだ。

しかし、遂《つい》に別れの時がやってきた。

ロミは粉屋の五人いる子供の末っ子で、母親が体調を崩したため、領主である父が世話を請《う》け負っていたのだが……

「養子？　ロミちゃんが？」

チャドは父の言葉を聞き返す。父は頷《うなず》き、説明した。

「粉屋の主人の弟夫婦には子供がいないらしくてな、ロミちゃんを養子に出すことにしたらしい。前々からそういう話は出ていたようだな」

チャドは膝《ひざ》の上に乗って人形で遊ぶロミを見下ろす。柔らかい頬から尖った口が覗いている。

粉屋なら通りを三本向こうに行った場所にあるのだから、いつでも顔を見に行けると思っていたのに。

弟夫婦は山を二つも越えた場所で農家を営《いとな》んでいるという。

そうなれば、おいそれとは会えなくなる。

チャドはロミの頭を撫《な》でた。

「ロミちゃん、チャドとはお別れだってさ」

ロミは顔を仰け反《のぞ》らせてチャドを見上げる。

「おわかれ？」

「さよならさ」

「チャド、がっこいく？」

「ちがうよ、ロミちゃんが遠くへ行くんだぜ」

「ロミ、チャドといっちょがいい」

「だよなぁ」

チャドはチラリと父を窺《うかが》った。父は苦笑いしながらも、首を横に振る。

チャドは項垂《うなだ》れてロミをキュッと抱き締めた。

別れの日、しがみついて離れない小さな身体を引き剥《は》がして、チャドは迎えに来た夫婦に手渡した。大きな目にいっぱい涙を溜めてこちらを見るロミを見て、いたたまれない気持ちになる。

泣きたいのはチャドも同じだった。


「――あのロミちゃん⁉」

チャドは駆け寄った。

ロミは困ったように笑って見せる。

大きな琥珀《こはく》の瞳とそれを覆《おお》う長く白い睫毛《まつげ》は、なるほど、あのロミちゃんだ。

白い耳も柔らかそうな栗毛《くりげ》も。

けれど、ムチムチだった頬はなだらかな曲線を描き、尖ったあひる口はキュッと引き締まったシャープなものに変わっていた。

何より、三等身だった体型が、大人の女性のそれになってしまっている。

「正直に言うと、チャド様にお世話になっていた時のことはあまり覚えていないのです。父母や周りの皆が、この子は王の側近様に面倒を見てもらったんだと自慢げに言うものですから、そうなのか、と思っていただけで……」

「そ、そうか、そうだよな。あの時、ロミちゃんはまだ小さかったから」

「でも、一度お礼を申し上げようと思っていたのです。漸《ようや》くお会いすることが叶って嬉しいです」

ロミは微笑《ほほえ》んだ。

「十五年も経ちましたし、お忘れになっているかと思っていたのですが、覚えていただいていて光栄です」

(固い…………。これが本当にロミちゃんなのか)

チャドは頭を掻《か》いた。

「それでね、チャドにお願いがあるのよ」

ロミの隣から母が口を挟む。

「ロミちゃんを王都へ連れてってあげてくれない？」

「は？」

「王都で開催されるお見合いパーティに出席するんだそうよ。一人で乗合馬車で行くって言うんだけど、心配でしょ」

「奥様、本当に結構です。チャド様のお手を煩《わずら》わせるわけには……」

（ロミちゃんが王城主催のパーティに出席？）

チャドは愕然《がくぜん》とした。

（番《つがい》を見つけるためのパーティに出席するだと⁉）

戸惑《とまど》いながらも、そこで急にお兄ちゃん気質を発動させたチャドは、胸を叩いた。

「おう、任せとけ。俺が責任を持って連れていってやるぜ」


チャドはなぜか浮かれていた。

ロミは見違えるほど成長してしまったが、傍《そば》にいるとあの頃と同じように、幸せな気分になる。

頭を撫《な》でくりまわして、抱っこしたいほどの保護欲に駆られるのだ。

しかし、流石《さすが》にそこまでするのは憚《はばか》られるので、手を繋ぐだけで我慢していた。

彼は今、王都へ戻る旅にロミを同行させている。

「チャド様、手を繋がれなくても大丈夫ですよ。一本道ですし」

「凸凹《でこぼこ》してんだろ？　ロミちゃんが転んで怪我しちまう」

「私は田舎《いなか》育ちですよ、野山を駆け回っていたんですから」

「やたらとしっかりしちまったなぁ、あんなに甘ったれだったのに」

ロミがクスクス笑う。

「チャド様にとっては私はまだ幼児なんですね。これでも向こうの学校ではずっと年長者だったんですよ。他の生徒の面倒を見ていたんです」

「へぇ、ほんとかよ」

「ふふ。本当です。……だからかな、なんだか新鮮です。こうやって子供扱いされるのが」

チャドは嬉しくなって繋いだ手をブンブン振る。ロミは声を上げて笑った。

「チャド様のほうが子供みたい！」

(そうだよなぁ、まったくもって俺らしくない)

チャドはそう思いながらも、ロミの手をギュッと握りながら鼻歌を歌う。

なぜこんなに気分が高揚するのか、追求することもせず、ただその幸福感に酩酊《めいてい》していた。

道中、始終物珍し気に辺りを見回すロミに、チャドは得意げに道案内をする。少し遠回りをして観光名所を巡り、旨《うま》い郷土料理の店に連れていった。

ロミと過ごす時間は楽しく、彼女の笑顔を見ると心が弾《はず》む。

「ロミちゃん、あーん」

ロミは差し出されたスプーンの前で瞬《まばた》きをすると、真っ赤になって訴えた。

「チ、チャド様、いくらなんでもそれは。私、自分で食べれます！」

チャドはハッとして手を引っ込める。

「悪ぃ、つい」

「もう！　ちゃんと見てください。私はもう小さな女の子じゃないんですよ。立派な大人なんですから！」

彼は正面に座るロミをマジマジと見た。

（確かに、可愛い娘に成長した。出るとこも出てるし。そうだよなぁ、番《つがい》を探すような年頃なんだもんなぁ……）

僅《わず》かにモヤッとした感情が沸き起こり、苦笑いをする。これでは、まるで心配性の父親か兄貴のようだ。

「そういえば、見合いパーティの衣装はどうするんだ、ロミちゃん」

「貸出に申し込みました。最新デザインのドレスを着られるって聞いて。とても楽しみです」

「ロミちゃんならどんなドレスも似合うだろうな。そうだ、他の側近達にも会わせてやるよ」

「本当ですか⁉ ドルマン様にも？」

両手を握り合わせて顔を輝かせるロミを見て、チャドは眉を顰《ひそ》めた。

どうやらロミはドルマンがお好みらしい。

（まさか、ドルマンの番《つがい》なんてこと……）

「ドルマン様はまだ番《つがい》がいらっしゃらないとか。ダンスパーティーにはご出席されるのでしょうか？」

「ああ、出るんじゃねぇの」

「一緒に踊っていただけるでしょうか？」

「そりゃあ………」

……面白くない。

まったくもって面白くない！

「最初は俺だろう、ロミちゃん」

ロミは面食らい、姿勢を正した。

「も、勿論《もちろん》です」

「俺がロミちゃんの番《つがい》を探してやるぜ？」

「それは心強いですが、チャド様こそお探しになったほうが……」

「俺はいいんだよ。まだ縛られたくねぇ気持ちもあるしな」

彼女は小首を傾《かし》げる。

「やはり、番《つがい》とはそういうものなのでしょうか？」

「そういうもの？」

「独占欲というか、そういった感情に囚《とら》われて、我儘《わがまま》になってしまうというか」

「そういうもんだろ？」

ロミが目を伏せた。チャドはその思いがけない態度に戸惑《とまど》い、おずおずと訊《たず》ねる。

「…………そうなるのが嫌なのか、ロミちゃん」

「ちょっと怖いです。周りが見えなくなって誰かに迷惑をかけるんじゃないかって」

チャドは憂《うれ》いを帯《お》びた表情で俯《うつむ》くロミを見て、母が言っていた彼女の境遇を思い出す。

ロミが養子に行った三年後に養父母が三つ子を授かった。けれど彼女は実家に戻ることを選ばず、子供達の育児を手伝っていたという。地元の学校を卒業した後も上の学校には進学せず、働きながら家計を支えていたらしい。

無邪気にチャドに甘えていた幼女は、否応《いやおう》なしに大人にならざるを得なかった。

家族のために我慢をして、いつしか人に甘えることを忘れてしまったのかもしれない。

「うちの王なんて仕事そっちのけで王妃に構うからなぁ、そりゃあ多少俺達に皺寄《しわよ》せが来るけど」

チャドはニッカリ笑う。

「それでも、仲良きことはよきことかな、さ。見てると微笑《ほほえ》ましいぜ」

「そんなものですか」

「そうだ。心配するなよ、ロミちゃん。番《つがい》には思いっきり甘えるんだぜ」

ロミは唇をキュッと結び、恥ずかしそうに頷《うなず》いた。


旅籠《はたご》町に到着し、チャドはロミを連れて宿を探す。

王城との中継点である町には、ロミと同じように王城主催のお見合いパーティーに出席する若者達で溢《あふ》れていた。

なかなか二部屋用意できる宿が見つからない。

故郷から近いこの町ではチャドは有名で、顔が知れている。娘達がきゃあきゃあ騒ぎ、そして次にロミを見てコソコソと囁《ささや》き合う。道行く人々も明らかに好奇を含んだ目で二人を見た。

更に、行く先々で恋人だと勘違いされ、その度に否定するチャドを見て、ロミはいたたまれなくなったらしい。足を止めて繋いだ手を指差す。

「チャド様、手を離してください。このままでは変な噂が立ってしまいます。チャド様は国王様の側近なんですよ、有名人なんですから！」

「否定してんだから大丈夫だろ」

事《こと》もなげに応えるチャドを睨《にら》み、ロミは無理やりチャドの指を剥《は》がすと、両手を背中に隠した。

「私は土産物《みやげもの》でも見てまいります。宿探しはチャド様にお任せしても？」

「一人で町を歩くのは危ねぇぜ、ロミちゃん」

チャドが伸ばした手を避けて、駆け出す。

「一刻後に中央の広場で待ち合わせしましょう」

「おい、ロミちゃん！」

ベージュのワンピースの裾《すそ》を翻《ひるがえ》してロミは駆けていく。白い長毛に覆《おお》われたしっぽを目で追いながら、チャドは頭を掻《か》いた。

なんとか二部屋手配できる宿を見つけて、チャドは急いで広場に向かう。

ロミに余計な気を遣わせたことを反省しながらも、手を振りほどかれたことにえらく傷付いている自分に驚いていた。

チャドは昔からよくモテる。

勿論《もちろん》、割り切った関係であることには間違いないが、相手に不自由したことがない。進んで傍《そば》を離れようとする女などいなかった。

唯一それをしたのがあのロミちゃんだとは。

チャドを一番に好いてくれていたはずのあの女の子が。

彼は眉間《みけん》にシワを寄せながら広場を見回し、ロミの姿を探した。

そして、一人の青年の肩越しに白い耳を見つける。青年とロミは会話をしているようだ。

チャドは様子を窺《うかが》いながら、ゆっくり近付いていく。

もしかしたら、郷の知り合いだろうか。

「そう言わず、麦酒を一杯だけ」

「いえ、ここで待ち合わせをしているので」

「あそこの屋台の前にあるテーブルで待てばいいよ。お連れが来るまで少し話そうよ」

チャドは目を眇《すが》めた。

(俺の目の前で口説くとは……いい度胸だ)

「君も王城主催のパーティへ行くの？　向こうで会ったらダンスに誘ってもいい？」

(馬鹿野郎。ロミちゃんは俺と踊るんだ。お前なんか願い下げだ)

「沢山《たくさん》人が集まるそうだから、簡単には会えないと思うわ」

「じゃ、名前と受付番号を教えてよ。ダンスカードを書くから、ね、向こうで」

青年がロミの手を掴んだ。彼女は戸惑《とまど》いながらも手を引かれていく。

チャドはそれを見て、頭に血が昇った。

「おい、その子から手を離せ」

威圧的な声を掛けられ、青年が弾《はじ》かれたように顔を向ける。

「チャド様」

「えっ？　君の連れって男の人なの？　え？　チャドって……」

ロミとチャドに忙《せわ》しなく視線を走らせた。

チャドはドスドスと足を鳴らして近付き、ロミの手を青年から奪い取る。

「悪《わり》ぃが、この子を誘うんなら俺の許可を取ってくれ」

青年はぱちくりと目を見開いて固まった。チャドはそれを一瞥《いちべつ》して、ロミの手を引く。

「だから言わんこっちゃねぇ、一人は危ねぇっつっただろう」

「屋台で麦酒をご馳走《ちそう》するって言われただけだし、一応断りました！」

「一応ってなんだ？　俺が来なかったら、一緒に飲んで二人で話すつもりだったのかよ」

「そんなつもりは……ないです」

「手を繋がれてたじゃねぇか。俺のは振りほどいたくせに」

「私は、ただ、ちょっと確かめたかっただけで」

「確かめたかった？」

チャドは足を止めてロミを振り返った。彼女は俯《うつむ》いて、縮こまっている。

「何を確かめたかったんだ？」

チラリと上目でチャドを窺《うかが》い、また目を伏せた。

「教えてくれよ、ロミちゃん」

「…………でも、きっと私の勘違いです」

「気になってしょうがねぇよ！　言ってくれ！」

「…………でも、チャド様は何ともないみたいだし」

「何がだよ？」

ロミが小声で何事かを呟《つぶや》く。チャドは顔を近付けて耳を傾ける。

「……と違うな、って」

「何と違うって？」

ロミは思い切ったように告げた。

「チャド様とあの男の人と手を繋いだ時の感じが違うなって」

チャドは動きを止める。

「というか、チャド様と手を繋いでいると、今まで経験したことのない気持ちになって。ずっと不思議に思っていたんです」

（なんだと？　今まで経験したことのない気持ち？）

「何なんでしょうか？」

ロミが小首を傾《かし》げてチャドを見上げた。

吸い込まれそうなほど大きな瞳がチャドを捕らえている。

至近距離にあるロミから漂《ただよ》う香りに鼻の奥を刺激され、脳内がグワンと揺れた。

それは、昔嗅《か》いだミルクの匂いではない。

例えるなら、そう、甘くて蕩《とろ》けるフルーツのような魅惑的な香り。

(まさか、そんな)

チャドは目を見開いてロミを凝視する。

近くで見つめられ、ロミは頬を染めて視線を逸《そ》らした。そして、居心地が悪そうに身動《みじろ》ぎする。

「きっと、勘違いですね。変なことを言ってしまいました。あの、宿へ行きましょう、チャド様」

「いや、勘違いじゃねえぜ、ロミちゃん」

思いがけない言葉に、ロミは瞬《まばた》きをしてチャドを窺《うかが》う。

「さっそく確かめてみようじゃねぇか」

チャドはニンマリ笑うと、戸惑《とまど》うロミの手をギュッと握り、引っ張った。


チャドは宿へ着くと、受付で一部屋をキャンセルにした。

ロミは驚きつつも、状況が理解できないのだろう、大人しくチャドに手を引かれている。

部屋のドアを開けて荷物を床に放ると、チャドはロミに向き合った。

「ロミちゃんは今まで誰かとお付き合いしたことはあんのか?」

いきなりの質問にロミは戸惑《とまど》いながら答える。

「えっと、手を繋いだり口付けをされたことなら……少しだけ」

チャドはムッとした。養子先の場所はド田舎《いなか》だと聞いていたから、ロミにはそんな経験はないだろうと決めつけていたのだ。

「へぇ、それはどんな奴？　いくつの時？」

「え、えっとぉ、一つ年下の男の子で、やけに積極的だったんです。二年ほど前でしょうか」

「ふぅん、その時はどんな感じがした？」

「えっ？　どんな感じって」

ロミの顎《あご》を掴むと、顔を近付ける。

「比べてみな」

そして、その桃色の唇にちゅ、と口付けた。

ロミは突然のことに目を見開き、硬直している。

「どうだ？」

「チ、チャド様、何を」

「短すぎたか」

チャドはロミを抱き寄せて強く唇を押し付け、一旦離すと、今度は上唇を優しく食《は》んだ。下唇の輪郭《りんかく》を舌でなぞり、唇を重ね合わせる。

(ああ……なんという幸福感だ)

チャドは初めて味わう心地に夢中になる。ロミの甘い唾液を啜《すす》り、舌で掻《か》き集めた。

「ん、んぐ」

ロミがくぐもった声を漏らし、チャドの胸を押している。

チャドは荒い息を吐きながら、そっと唇を離した。

「………どうだ？　ロミちゃん」

「は、ど、え？」

「年下の坊主との口付けとは違ったか」

「えっ？　そ、それは全然ですけど、あの……」

「どんな心地だ？」

ロミと額《ひたい》を合せて潤《うる》む瞳を見つめながら問う。

白い頬を桃色に染めて甘い息を吐く娘は、目を伏せて呟《つぶや》いた。

「あの……なんだかポカポカして、頭がボウッとします。手足に力が入らなくて………熱があるみたい」

律儀に感想を述べるロミが可愛くて仕方ない。

「なあロミちゃん、それは誰に対してもそうなるわけじゃないんだぜ。俺にだけだ」

「チャド様にだけ？」

「そうだ。俺もこんなに興奮するのは初めてだ」

「チャド様も初めて………興奮………興奮？」

「そうだよ、ロミちゃん。なあ、これってどういうことか分かるかい？」

「えっと、えっと？」

焦《あせ》るロミに微笑《ほほえ》みながら、チャドはその愛らしい顔の至るところに口付けた。

「ん、あの、チャド様っ、や」

「チャドって呼べよ、ロミちゃん。昔みたいにさ」

「そんな、お、恐れ多い」

「俺達は対等だぜ？　身分や年の差なんて関係ねぇ。血が定めた理《ことわり》だ」

ロミがこぼれるほどに目を大きく見張る。

「そ、それって……」

「王都へ行く手間が省けちまったなぁ」

チャドは濡れた上唇を舐《な》めると、彼女の身体を抱き上げた。ベッドに押し付けて、激しく唇を重ねる。そうしながらもロミのワンピースの前ボタンを外し、肌を晒《さら》していく。

甘い香気が立ち込め、チャドの理性を溶かす。触れる肌の感触は滑《なめ》らかで儚《はかな》げで、焦燥を煽《あお》った。

「んん、チャド様、はぁ」

「ロミちゃん、大丈夫だぜ？　全部俺に任せてロミちゃんはただ気持ち良くなればいい」

ロミのシュミーズの肩紐を下げて、その白い果実を露《あら》わにする。

服の上からでも分かっていたが、大きく育って旨《うま》そうだ。

チャドはそれを揉《も》み上《あ》げ、柔らかさを堪能《たんのう》する。そして、薄桃の乳首をそっと親指の腹で撫《な》でた。

「あっ、やぁ！」

「気持ち良い？」

「う、ううん、ムズムズしますぅ」

「可愛いなぁ……」

舌を出してまだ柔らかいソコを虐《いじ》める。ねっとりと舐《な》め上《あ》げ、口の中で転がした。

「う、ああん、チャド様ぁ」

「やっぱり俺が一番いいだろ？　ロミちゃん。ちっさい頃から分かってたんだなぁ。俺に一番に懐いてたもんなぁ」

「そ、そんな小さい頃からは流石《さすが》に、あっ、やん」

チャドは硬くしこった果実をきゅっと摘《つま》む。

「ロミちゃん、言ってみな。チャドが一番だって」

「や、だってこんなことするの初めてっ、あ、だから」

「真面目だなぁ」

自らの着衣を急いで脱ぎ捨て、ロミの太ももを広げた。魅惑の香りを放つ箇所は蜜をトロトロとこぼしている。

チャドはごくりと唾を呑み、そこに顔を近付けた。

女の蜜を舐《な》めるのは初めてだ。

（ああ………旨《うま》そうだ）

チャドはそこにかぶりついた。

「あっ！　はぁん、や、やぁぁ！」

夢中で蜜を啜《すす》る。

舌で蕩《とろ》ける花弁を舐《な》め回《まわ》し、隠れていた小さな粒を捏《こ》ねた。

「や、や、だめっ、だめぇぇぇっ」

ああ、なんて可愛い声で鳴くんだろう。

（…………堪《たま》らねぇ）

「ロミちゃん、名前を呼んでくれよ」

チャドは身を起こしてロミに強請《ねだ》る。指を泉に差し込んで、熱くふやけた入り口をクイクイと擽《くすぐ》った。

「あっ、はあん、チャド様っ」

「様は要《い》らねぇ、ほら、チャドって呼べよ」

ぐちぐちと蜜を鳴らしながら指を出し入れし、親指で粒をキュッと押す。

ロミが甲高《かんだか》い悲鳴を上げた。

「ああん、チャド、ロミ、もうダメぇ」

「チャドの指は気持ち良すぎるよなぁ」

「う、うんっ、キュンキュンするのぉ、ロミおかしくなっちゃうよぉ」

「可愛いなぁ、ロミちゃん」

チャドの興奮は最高潮になり、下半身は今にも暴れそうに滾《たぎ》っている。フーフーと荒い息を吐きながらも、懸命に理性を保った。

「なぁ、ロミちゃん、チャドのを挿《い》れてもいいかなぁ」

ロミはぼんやりしていた濡れた瞳をチャドに向け、焦点を合わせる。そして、すっと両手を伸ばした。

「チャド……………ちょうだい」

チャドはその仕草に胸を撃ち抜かれ、息を止めた。

けれどすぐ我に返り、慌ててその両手を引き寄せて肩に掛け、ロミを抱き締める。

「チャドが欲しいかい？　ロミちゃん」

顔を寄せてそっと囁《ささや》くと、彼女はコクコクと頷《うなず》く。

「チャドと一緒がいい」

チャドはロミの頬を指で撫《な》でた。涙で濡れた長く白い睫毛《まつげ》がふるふると揺れている。

「早くちょうだい、チャド」

「見ときな、今、挿《い》れてやるからな」

チャドは滾《たぎ》る剛直を掴んで、ロミの泉に押し付けた。

ロミの中は最高だった。

温度も吸い付きも経験したことがないほどで、チャドはたちまち溺《おぼ》れる。

「くっ、ああっ、すげぇ」

「やだぁ、ああん」

何より、そのあどけなくも艶《なま》めかしい仕草と甘い鳴き声が、チャドの胸をきゅうきゅう締め付けた。

際限なく煽《あお》られて、熱が上がる。堪《たま》らずロミの身体を抱き上げて、ピッタリとくっついた。

「ああ、ロミちゃん、可愛い！　俺の番《つがい》」

繋がったまま太ももの上に乗せて身体を擦《こす》り付《つ》ける。

「可愛い可愛い可愛い…………」

頬擦《ほおず》りして背中を撫《な》で回《まわ》した。

「チ、チャド、やん」

激しい抱擁《ほうよう》に、ロミは背中を反《そ》らして逃れようとするが、チャドは逃がさない。

白いしっぽの付け根を一撫《ひとな》ですると、柔らかいお尻を掴み、下から突き上げた。

「んっ、ああっ」

胸の谷間に鼻を突っ込み、思い切り甘い匂いを吸い込む。

「ロミちゃん、離さねぇ、ずっと俺と一緒だぜ」

「は、はあん、ずっと一緒………？」

「そうだ。いっぱい甘えていいんだぜ。我儘《わがまま》も言えよ。全部俺が受け止めてやる」

ロミはゆっくりと瞬《まばた》きをする。目尻から透明な雫《しずく》がポタリと落ちた。

「チャド大好き」

「ドルマンじゃなくて申し訳ねぇな」

ロミは口を尖らせると、拗《す》ねたようにチャドを見上げる。

「チャドだって子供扱いしていたくせに……」

「ごめんな、俺だって番《つがい》に会うのは初めてだったからよ」

「もういいよ。ねぇ、チャド、気持ち良いのもっとちょうだい」

膝《ひざ》の上で腰を揺らし、小さな舌を出してペロッとチャドの鼻先を舐《な》めた。

「ああ。ロミちゃんのお強請《ねだ》りには敵わねぇ」

（昔っからな）

チャドは舌を伸ばし、ロミの舌を掬《すく》い上《あ》げて絡ませる。

腰を掴んでゆっくり深く中を掻《か》き混ぜて、お互いを高めていく。

やがて口付けでは治まらなくなり、ロミがチャドにしがみついて懇願《こんがん》するように喘《あえ》いだ。

「ああっ、チャドっ、もうダメぇぇぇ」

「ロミちゃん…………！」

チャドは激しく突き上げると、ロミをきつく抱き締めて熱い飛沫《ひまつ》を放った。

＊　＊　＊

「チャドから伝書が届いたぞ。どうやら故郷で番《つがい》と巡り会ったらしい」

アナベルと側近達は、一斉に顔を上げてシメオンを見た。

「それはよかった！　お相手はどんな人なのかしら？」

アナベルが走り寄り、シメオンの隣から伝書を覗き込む。

シメオンは王妃の腰を掴んで膝《ひざ》の上に乗せた。

「へえぇ、十歳年下で、昔一緒に暮らしていた女の子！　わあ、会ってみたいなぁ」

「どうせ王都に連れてくるだろう」

「チャドは面倒見がいいですからね、甲斐甲斐《かいがい》しく世話を焼きそうですねぇ」

フォルクスが話に加わる。残された側近達は顔を見合せていた。

「チャドに先を越されるとは思わなかった！　この中では一番焦《あせ》ってなかったのに！」

「あの遊び人がなぁ、複雑だなぁ」

「と、いうことは、チャドは今回のパーティーは欠席ですね。リストから削除……と」

ドルマンがチャドの名前の上から線を引く。

「番《つがい》の娘もパーティーに出席する予定だったらしい。そっちも後でリストから消しといてやれ。

チャドは王都には戻らずに休暇を延長するそうだ」

「あのふてぶてしい顔をどんなふうに緩ませて帰ってくるかと思うと、楽しみですねぇ」

「休暇を終えたら二人で王城を訪ねると書いてある……が」

「あら？」

シメオンは眉を寄せ、暫《しば》し黙った。アナベルも黙って瞬《まばた》きをしている。

そして、二人は伝書からゆっくりと顔を上げると、黒い立耳の側近に揃って視線を向けた。

ドルマンは不思議議そうな表情で、二人を見返す。

「なんでしょう？」

シメオンとアナベルは顔を見合せた。側近らも妙な空気を醸し出す国王夫妻に注目する。

やがて、シメオンがおずおずと口を開いた。

「ドルマンにだけには会わせないそうだ」

「はああ!?　どうしてですか!?」

チャドの焼きもちにより一人仲間はずれにされたドルマン。

結局、チャドがロミを連れて王城に訪れた日は、彼は城を追い出され、メルバ婆さんとお茶を飲んでいたらしい。

【ベアル編】美味《おい》しい君

「なあ、今日のスープ、いつもと味が違わねぇか」

「ああ？　そうかぁ？」

「ベアルは意外と味に敏感だよな」

「大食らいなのに」

ここは獣人王シメオンの執務室だ。側近達の部屋はそれぞれ与えられているのだが、よほど居心地がいいらしく、皆この部屋に集まる。

部屋の主であるシメオンは王妃と食事をとるために不在なのにもかかわらず、側近達は動かない。給仕の侍女は諦め、いつしか、ここに五人分の食事を運び込むようになっていた。

ベアルは器を片手で掴んでグビッと飲み干す。そして、のっそりと立ち上がる。

「お代わりしてくる」

「本気ですか？　恥ずかしいからおやめなさい」

フォルクスが咎《とが》めるのを歯牙にもかけず、部屋を出ていった。

フォルクスはその大柄な背中を呆《あき》れた顔で見送る。

「あんな調子で番《つがい》なんて見つかるんでしょうか」

「色気より食い気だもんねぇ。ベアルにだけは先を越されない自信あるよ」

レッサードの発言に、チャドは口の端を片方上げた。

「レッサードよ、番《つがい》との出会いは突然やってくるもんなんだぜ。準備が整ってようがそうでなかろうが、あんまり関係ねぇよ」

レッサードはムゥと口を尖らせて、新婚ホヤホヤの同僚を睨《にら》んだ。

「なに？　その上から目線。ムカつくんだけど」

「当たり前だろ、俺には可愛い番《つがい》のロミちゃんがいるんだもんよ」

「そのロミちゃんに、私はいったいいつになったら会わせてもらえるんでしょうかね」

ドルマンが拗《す》ねたように呟《つぶや》く。

「お前は一生駄目。そんでもって、ロミちゃんの名前を勝手に呼ぶな」

彼はゲンナリした表情で、皿の上の肉をフォークで突き刺した。

「それにしたって番《つがい》の見分け方はそれぞれですからね。チャドのように感触や匂いで分かることもあれば、肌を重ねないと分からない場合もある」

「だとしたらベアルはココじゃない？」

レッサードが舌を出す。

「……味？」

「利き酒ならぬ利き番《つがい》？」

「手当り次第舐《な》めろってての？　お下品だな」

「分かんないけど、概《おおむ》ね鈍感なベアルの唯一敏感なところじゃん」

「お前、つくづく失礼だよ」


一方その頃。ベアルは器を片手に厨房《ちゅうぼう》に顔を出していた。

「おや、ベアル様、何か？」

ふくよかな顔を綻《ほころ》ばせて料理長が訊《たず》ねる。

「スープのお代わりあるか？　今日のは殊更《ことさら》、旨《うま》かったからよ」

料理長は小さな目を瞬《またた》かせた後にニッコリ笑った。

「それはよろしかったです！　おい、マリムムル、ベアル様がお代わりしてくださるそうだ。よかったな」

「本当ですか!?」

厨房《ちゅうぼう》の奥からトテテと小柄な身体が駆けてくる。

「先日から厨房《ちゅうぼう》に入ったマリムムルです。今日のスープはこの子が作ったんですよ」

マリムムルという名の娘は、白い帽子を脱いで頭を下げた。

きゅっと纏《まと》められたブロンドの髪からベージュの小さな垂れ耳が現れる。

「マリムムルと申します。よろしくお願いします。ベアル様」

「おう、よろしく。これからマリムムルがスープを担当するのか？」

「ええ、その予定です。初日から気に入ってもらえてよかったな、マリムムル」

「はいっ！」

マリムルは明るいブルーの瞳を輝かせ、嬉しそうに笑う。顔も身体も小作りだ。

ちんまりした娘だなぁ、とベアルは思った。

「あの、あの、何処《どこ》がよかったですか？　ベアル様」

帽子を胸の前で握りしめて訊《たず》ねるマリムルを前に、彼は考え込む。

「うーんと、野菜の優しい出汁《だし》がよく出てる。ちょっとトロッとしたとこも好み」

「わあ、嬉しいです！　お野菜は細かく刻んで沢山《たくさん》入れたんです。とろみはネネ芋《いも》だと思います」

「流石《さすが》ベアル様だなぁ。ほら、マリムル、お代わりをよそってさしあげなさい。あまり引き止めてはいけないよ、ベアル様はお忙しいんだ」

マリムルは慌てて白い帽子を被《かぶ》ると、ベアルから器を受け取って厨房《ちゅうぼう》の奥へ駆けていった。

今日もベアルは器を握り締めて、席を立った。

「なに？　またお代わりなの？」

レッサードが呆《あき》れた表情で見上げる。

「お前だけデケェ丼に入れてもらえよ」

「鍋ごと部屋に運んでもらえばどうだ？」

「マリムルにスープの感想を伝えねぇと」

ベアルの呟《つぶや》きに、側近達は顔を見合わせた。

「マリムル？　誰だ？」

「もしかして厨房《ちゅうぼう》に新しく入った調理師ですか？」

フォルクスの問いに、ベアルは頷《うなず》いた。

フォルクスが皆に説明する。

「ずっと孤児院の調理場にいた方なんですけどね、昨年企画された王城料理を振る舞うイベントで、料理長が彼女の才能を見出してスカウトしたんです。料理長に頼まれて私も面接したのですが、なかなかの腕前で、何より料理に対する熱意が印象的でしたね」

「マリムルのスープは絶品だ」

ベアルは満足そうに上唇を舐《な》めた。

「ちっこいのによく働くし」

側近達は顔を見合せた。

ベアルは器を片手に厨房《ちゅうぼう》に顔を出し、小さな調理師を探す。程《ほど》なくマリムルがベアルの姿を見つけ、顔を輝かせて駆け寄ってきた。

「ベアル様！　本日のスープはいかがでしたか？」

「スパイスが効いていて旨《うま》かった。野菜が大きめに切ってあるのもよかった。キャブ菜を入れても合うかもな」

「キャブ菜！　合いそうですね！　今度試してみます」

彼女は胸ポケットからメモ帳とペンを取り出して、ベアルのアドバイスを記録する。

「いつもありがとうございます、ベアル様」

「毎日旨《うま》いスープを飲ませてもらってんだ。むしろ、これくらいしかできなくて悪《わり》ぃな」

「とんでもないことです！　美味《おい》しいって言ってもらえるだけでも凄《すご》いことなのに」

恐縮して手をブンブン振った。

「あの、でも、他の料理も任せてもらえるように頑張りますから、その時はまた感想を聞かせてもらえますか？」

「ああ、いいぜ」

パァーッと顔を輝かせる娘を見て、ベアルは頬を掻《か》く。

そんなたいしたことではないと思うのだが、マリムルはえらく喜ぶ。喜怒哀楽がそのまま顔に出る素直な性格らしく、常々表情が乏《とぼ》しいと言われるベアルとは真逆であるようだ。

「試食もしてやるから、何か作ったら声を掛けてくれ」

「本当ですかっ、ありがとうございます！」

マリムルは手を握り合わせ、ベアルを見上げた。


それから数日後。

ベアルは倉庫から大きな籠《かご》を抱えてヨタヨタと歩く小さな獣人に目を留めた。

白い制服とベージュの垂れ耳が籠《かご》から覗いている。

ベアルは渡り廊下の壁をヒラリと跳び越えた。

一緒に歩いていたドルマンは同僚の突然の行動に足を止めて、その背中を目で追う。

ベアルは小柄な調理師に近付くと籠《かご》を奪った。そのまま籠《かご》を持って歩き出す。その後ろをワタワタと恐縮しながら、調理師がついていった。

その光景に、ドルマンは顎《あご》に手をやって考え込んだ。

そして、それからまた数日後。

たまたま調理場の前を通りかかったチャドとベアルは、棚の上の鍋を取ろうと奮闘している小さな調理師を見掛けた。

ベアルはすっと調理場に入っていき、小柄な調理師の腰を掴んで持ち上げる。

鍋を抱えてペコペコと頭を下げる調理師と相変わらず表情に乏《とぼ》しい同僚を交互に見ながら、チャドは腕を組んで首を傾《かし》げた。

「やたら目をかけているようですね」

「やっぱりそうだよなぁ、例の新人調理師ちゃんだろ？」

「あのちっちゃい子だよね、ベアルは無理じゃない？　体格差がさぁ……」

フォルクスはレッサードの言葉を遮《さえぎ》り、ベアルに訊《たず》ねた。

「マリムルのことが気になるのですか？」

「えー？　別に。たまたま目につくだけ」

「彼女に触れたりは？」

「この間、抱き上げたけど」

「なんともなかったのですか？」

「うん。別になんも」

ベアルはオヤツのカップケーキを頬張り、咀嚼《そしゃく》しながら隣のクッキーに手を伸ばす。

フォルクスは腰に手を当てて溜め息をついた。レッサードが横から口を出す。

「やっぱりさあ、舐《な》め……」

「レッサード！　ご婦人を突然舐《な》めるなど、不届きな行為はしてはなりません！　だいたい貴方は……」

フォルクスの説教に耳を曲げるレッサードを見て、チャドとドルマンが笑う。

ベアルはただ黙々とオヤツを味わっていた。


ベアルは名家の出身で、三人兄弟の真ん中だ。

熱血漢の兄とヤンチャな弟に挟まれて育ったせいなのか、口数が少なくぼんやりしている。

しかし、体格と飛び抜けた戦闘センスに恵まれ、王の側近に抜擢《ばってき》された。

大食漢の割にハングリーさに欠く性格で、番探《つがいさが》しに関しても正直焦《あせ》っていない。皆になんとなく合わせていただけだ。

性欲を満たす相手ならいるし、腹が満たされる生活をできるのなら贅沢《ぜいたく》は言わない。

「――いっぱいお金を貯めて、自分のお店を持つのが夢なんです」

マリムルはネネ芋《いも》の皮を剥《む》きながら、熱く語る。

階段に腰掛ける彼女の足元で胡座《あぐら》をかきながら、ベアルはネネ芋《いも》を選別していた。

例によって移動中にマリムルの姿を見つけた彼は、仕事そっちのけで手伝いを始めたのだ。

他の側近達は呆《あき》れていたが、咎《とが》めはしなかった。

「安価でも美味《おい》しくてお腹《なか》いっぱい食べられるお店。美味《おい》しいとか、お腹いっぱいとかって、幸せじゃないですか？」

「そうだな」

「皆を幸せにできるって凄《すご》くないですか？」

「まあ、そうかもな」

マリムルから剥《む》いた芋《いも》を受け取って、ベアルは器に入れた。

「私の故郷は西の山の麓《ふもと》にあったのですが、山崩れで埋まってしまいまして」

顔を上げてマリムルを見る。いつも明るいブルーの瞳が、少し陰って見えた。

「ネネ芋《いも》が名産の豊かな農村だったんですが、村人の殆《ほとん》どが逃げられず巻き込まれて……私は奇跡的に生き残ったんです」

隣の村に助けを求めるべく、十歳にも満たないマリムルは一人、山の中を彷徨《さまよ》い歩いたという。

そして数日後、保護された。

「その時、振る舞っていただいた温かいスープと握り飯の味は忘れられません。身体と心にジワジワと染み入るようでした」

彼女はベアルの選別した芋《いも》を手に取ると、再びナイフで皮を剥《む》き始《はじ》めた。

「一人ぼっちになって心細い思いもしましたが、いつか自分も心のこもった美味《おい》しい食事を作って誰かを救いたいと、その夢を支えにここまできました」

「マリムルの作るものは、旨《うま》い。優しい味がする。幸せな気持ちになる」

ベアルが言うと、マリムルは嬉しそうに笑う。

「ベアル様にそう言っていただけて光栄です。自信が持てます」

ベアルはマリムルの笑顔が眩《まぶ》しくて瞬《まばた》きをした。

自分は流されるままここにいる。今まで不満など感じたことはないが、何かを激しく求めたこともない。

酷《ひど》く傷ついたことはないが、飛び上がるほど喜んだこともない。

だが、マリムルは違う。

哀しみも喜びも身体中で受け止めて、咀嚼《そしゃく》して栄養にしている。

だから、彼女の手から生み出される料理は美味《おい》しいのだろうか？

(マリムルは美味《おい》しいのだろうか？)

ベアルはふと沸いた考えに驚き、頭を振った。

いくら食いしん坊でも、同族を食べる趣味はない。

「選別が終わったし、そろそろ仕事に戻るぜ」

ベアルは立ち上がった。

「ありがとうございました、ベアル様！　助かりまし……あっ！」

マリムルの上げた声にベアルは振り向く。小さな指から赤い液体が流れていた。

「ナイフで切ったのか」

「全然たいしたことありません。大丈夫です」

マリムルは笑って見せる。ベアルは手を伸ばして彼女の手首を掴んだ。身をかがめ、傷付いた指を咥《くわ》える。舌で傷口を押さえ、唾液を塗りつけた。そして、一旦口から指を出した後で首を傾《かし》げる。

「あ、あの、ベアル様……」

間近にある顔に視線を向けると、マリムルが頬を染めて激しく瞬《まばた》きをしていた。

ベアルはたった今咥《くわ》えていた小さな指を凝視する。

「マリムル、手に何か塗ってるのか？」

「えっ？　いえ、何も塗ってません。調理師なのでハンドクリームなどは控えてます」

再び口に指を近付けて、今度は他の指をパクッと咥《くわ》えた。

「ひっ、ベアルさ……ンンン!?」

口の中にある指を舐《な》め上《あ》げる。

マリムルの手首がビクッと揺れたが、ベアルはそのまま何度も舌を往復させた。

(旨《うま》い……いや、味というよりなんだろう……)

胸がザワザワと騒ぐような、気分が高揚するような。

酒に酩酊《めいてい》した時に似た、フワフワした心地だ。

それどころか、あらぬところに熱が集まってきた。

（これは、もしかすると、いや、間違いねぇ）

ベアルはちゅポンと音を立ててマリムルの指を引き抜き、舌なめずりをした。

「マリムル、お前、旨《うま》いな」

彼女は顔を紅潮《こうちょう》させ、口をパクパクさせている。

ベアルはその可愛らしい様《さま》を見て、妖艶《ようえん》に笑う。そして、小さな口の中に自分の指を突っ込んだ。

「ふがっ、べがるざあ、だ、だにを……!?」

「いいから舐《な》めてみろよ。マリムル」

「んがあ？」

「ほら、舌で舐《な》めてみな」

マリムルは涙を滲《にじ》ませながらも諦めたらしく、口を閉じて、ベアルの指をそっと舌で撫《な》でる。

ベアルはゾクゾクと背中を震わせた。

彼女は初めこそは控えめに舐《な》めていたが、徐々にベアルの指にねっとりと舌を絡ませ始める。

ベアルはじっと彼女の表情の変化を窺《うかが》った。

ブルーの瞳をトロリと潤《うる》ませ夢中でベアルの指をしゃぶっているその姿を見て、身体が熱くなる。

「旨《うま》いか、マリムル」

マリムルはうっとりと頷《うなず》く。ベアルの手を掴んで指を引き抜くと、舌を這《は》わせ始《はじ》めた。

「はあ、ベアルさん、なんでしょうこれ？　ああ、ベアルさんの指がこんなに美味《おい》しく感じるなんて……わたし……おかしいんでしょうか？」

ベアルはマリムルの後頭部を引き寄せて囁《ささや》く。

「安心しろ、俺も一緒だ。なあ、もっと味わってみたくはないか？」

「もっとですか？」

マリムルが虚《うつ》ろな目をベアルに向けた。

「ああ、指以外もだ」

「指……以外……？」

彼女は我に返ったようにベアルから身体を離す。

「ベアル様！　いけません！　私のような者に……」

ベアルはマリムルの腰を掴むと、ひょいと担《かつ》ぎ上《あ》げた。

「俺にとっちゃこの上ないご馳走《ちそう》だ」

「な、な、やめてくださいっ、下ろして」

彼女は手足をばたつかせる。

「さっきのアレ、分かるか？　お互いの指が旨《うま》く感じるなんて普通、あり得ねぇよなぁ」

「そ、そうですけど！」

「もっと食いたいだろ？」

「………………」

「俺に食われてみたくねぇ？」

ベアルはマリムルを横抱きにして顔を覗き込んだ。

彼女は長い睫毛《まつげ》を伏せたまま、観念したように小声で答える。

「……食べてほしいです」

ベアルはニンマリと笑った。

「残さず全部食ってやる。隅々までな」


マリムルの髪をほどき、艶《つや》やかなブロンドを手に取ると、ベアルはそこに口付けた。

(ああ……いい匂いだ)

「あ、あのぅ、ベアル様、仕事を抜け出してきてしまってよかったのでしょうか」

うっとりとする彼に、マリムルがおずおずと訊《たず》ねる。

彼女を横抱きにして王城内を突っ走り門を出ていったベアルの姿は、多数の獣人に見られていた。

今頃、シメオンや厨房《ちゅうぼう》に報告されているはずだ。

「構わねぇよ。番《つがい》は何に於《お》いても第一優先にされるのが、獣人国の習わしだろ？」

「番《つがい》……本当にベアル様が私の番《つがい》」

「間違いねぇよ。こんなになるのは初めてだから」

ベアルは向き合ってベッドに座るマリムルの白い制服を脱がせていく。

マリムルはその手をじっと見つめている。そのうち、ポロポロと涙をこぼし始めた。

ベアルは驚いて、指でマリムルの目尻をそっと拭《ぬぐ》う。

「どうした？　嫌なのか……こんなデケェガサツな男だから怖《こえ》ぇのか？」

彼女は首を横に振った。

「ベアル様のことが好きです。私の作った料理を美味《おい》しそうに食べてくれる、褒めてくれて、手伝ってくれて……だから、こんな都合のいいことがあっていいのかと」

「マリムル……」

「私、全然、期待してなかったんです。番《つがい》なんて見つからなくてもいいと思ってた。ずっと一人で生きていくと考えてたんです」

ベアルはマリムルを抱き締める。

「お前は一生俺と生きていくんだぜ。離さねぇよ」

「私の作ったお料理をずっと食べてくれますか？」

「勿論《もちろん》だ。マリムルの料理は絶品だからな。だが、それ以上にマリムルがうめぇと思うけど」

クスクスと笑うマリムルの身体の振動が、ベアルに伝わる。

「私もいただいても？」

彼は身体を離し、彼女に顔を寄せた。

「ああ、喰らい尽くしてくれよ」

唇を重ねた途端、二人はたちまちお互いの味に夢中になる。奪うように唾液を啜《すす》り合《あ》う。

「はあっ、駄目、本当に美味《おい》しい」

「ああ、マリムル、もっとくれ」

もどかしげに服を脱ぎ捨て、ベッドに転がった。

「まずは俺からだ」

「狡《ずる》い、ベアル様っ」

ベアルはマリムルの小柄だがムッチリした身体にむしゃぶりつく。

手と舌でじっくり味わった。

既《すで》に息が上がるほど興奮している。

「あっはあん、ああっ」

マリムルの甘い声に煽《あお》られ、胸の蕾《つぼみ》を舐《な》め回《まわ》す舌の動きが早くなる。忙《せわ》しなく身体中を撫《な》で回《まわ》し、擦《こす》り上《あ》げた。足を開き、膝《ひざ》から太ももへ手を滑らせ、濡れた花弁を大きな手で揉《も》む。

「はあっ、ベアル様っ」

たっぷりと蜜で潤《うるお》ったソコを指で撫《な》で、太い指先で秘豆をそっと揺らした。

「やあっ！　あ、あああっ」

「よさそうだな、マリムル」

「やだぁ、こんなの……っ、すぐイッちゃう」

「だよなぁ、俺ももう痛《い》てぇくらい硬くなっちまってる」

ベアルは花弁を探《さぐ》り、中に指を進める。ソコはトロトロと溶けていて、そのくせベアルの指に吸い付いてきた。挿入すればどんなにか気持ちが良いか、想像がつく。

彼は指を抜き差しし、中を充分に探《さぐ》っては指を引き抜き、しとどに濡れたソレを咥《くわ》える。

「うめぇ……いっぱい舐《な》めてぇけど、今は我慢できそうにねぇ」

マリムルの身体を起こし、腰を掴む。彼女は膝立ちになり、両手をベアルの肩に置いた。

「今は一刻も早く中に入りてぇ」

彼は片手でマリムルの腰を支えつつ、反《そ》り上《あ》がって腹にピッタリと付いた陰茎を掴んだ。

「マリムル、腰をゆっくり下ろせ」

「はい、ベアル様」

はあはあと甘い息をベアルの額《ひたい》に吹きかけながら、彼女は腰を下ろす。

柔らかい秘肉がベアルのモノに貼り付き、奥へ呑み込んでいく。

「あっ、んんっ、ベアル様っ、凄《すご》い」

ベアルはマリムルの腰を掴みゆっくりと揺らした。

「あっ、だめぇ、気持ち良すぎて、もぅ」

「ああ……すげぇな、欲しがってる」

「は、こんなの、初めてですぅ、身体が蕩《とろ》けちゃう」

「はっ、俺ももたねぇ……っ！」

彼は腰を突き上げる。マリムルがベアルの胸に抱きつく。

「ああん、だめだめぇ！」

「くっ、マリムルっ」

ぐちゅぐちゅと蜜を鳴らしながら、ベアルは彼女の中を激しく味わった。

（ああっ……こんな旨《うめ》ぇもんが世の中にあるなんて）

「ベアル様っ、だめぇ、イッちゃうーー！」

（こんな愛しい女が存在するとは、どれだけ食っても食い足りねぇ）

俺の、俺だけの番《つがい》。

極上の唯一の女。

際限なく幸せな欲に酔いながら、ベアルはマリムルの中に吐精した。


ベアルはテーブルの上に布に包まれた物体をドッカと置いた。

四人の同僚らは皆、それに注目する。

「なーに？　それ」

隣に座るレッサードが身を乗り出した。

ベアルは布の結び目を解きながら、自慢げに答える。

「マリムル特製の弁当だ」

「王城の食事はどうすんだ？」

「スープだけ飲む」

「なるほど」

程《ほど》なく、部屋に厨房《ちゅうぼう》から四人分の昼食とスープが一つ多く運ばれてきた。

ベアルはそれを両手で抱えゴクゴクと飲むと、幸せそうに微笑《ほほえ》む。

「今日もうめぇ」

その表情に、側近達は顔を見合わせて笑みを交わす。

「結局……レッサードの言う通りだったな」

「でしょ。僕の洞察力を思い知ったか」

「いやはや脱帽です。恐れ入りました」

「それにしてもあの顔見ろよ。すっかりふやけちまって」

「マリムルが将来お店を持った時のために、今から色々準備するって意気込んでたよ」

ベアルは食材の仕入業者と積極的に会話するようになった。それだけでは飽き足らず、町まで足を伸ばして情報を収集しているらしい。

側近に就任してからはすっかり遠ざかっていた狩猟も再開したという。

「マリムルが喜ぶし、食費も浮くしな」

四人はぼんやりと、大柄な同僚を眺めた。

彼は愛妻が作ってくれたお弁当を口いっぱい頬張って、もぐもぐと咀嚼《そしゃく》している。黒い瞳を細めて、うっとりとその味を堪能《たんのう》した。

「随分と表情が豊かになったもんだな」

「マリムルに命を吹き込んでもらったんでしょう」

「えっ？　ベアル死んでたの？」

「なんと言うか、動じないと言えば聞こえはいいが、色々淡白だったよな」

ベアルは空っぽになったお弁当の蓋《ふた》を閉めると、器を持って席を立つ。

「え？　まさかお前、またお代わりすんの？」

その問いに、満面の笑みを浮かべて頷《うなず》く。

「ああ、マリムルにスープの感想を伝えないと！」

「顔が見てぇだけだろ」

「勿論《もちろん》、それもある」

悪びれもせずに応えると、ベアルは鼻唄を歌いながら部屋を出ていった。

「喜ばしいことだけど……素直に喜べない」

レッサードが耳を下げ、ちびちびと口に食事を運ぶ。

「残るはレッサードとドルマンだけになっちゃいましたねぇ」

フォルクスが腕を組んで、二人を見やる。チャドはドルマンを睨《にら》んで、拳《こぶし》で肩を押した。

「お前、早く見つけろよ。気が気じゃねぇ」

「そんなこと言われても……」

「ドルマンには負けないよ！　よし！　今夜は町に繰り出すぞ。一緒に行く人！」

レッサードは勢い込んで手を上げるが、誰も食いつかない。

チャドもフォルクスも、さっさと帰宅して愛妻や家族と過ごしたいと思っているからだ。

ベアルもおそらくそうだろう。就業後に二人仲良く手を繋いで王城を出ていく姿を、皆が見ている。

再び耳を下げるレッサードの手に、ドルマンがおずおずと掴まった。

レッサードは黒い立耳の同僚を見下ろし、手を振り払う。

「ドルマンは駄目ッ」

「またぁ？　なんで私だけいつも除《の》け者《もの》なんだ⁉」

「まあまあ、そのうちに見つかりますよ」

「既婚者の余裕を見せつけやがって！　きぃっ！　腹が立つ‼」

レッサードが地団駄を踏む。チャドはその様子を見物しながら考えた。

（さあて、どっちが先に番《つがい》を見つけるんだろうなぁ？）

レッサードはモテるが、あれで理想が高いし、ドルマンは来る者拒まずだが、積極性に欠ける。

（……王も巻き込んで賭けでもするか）

チャドはニヤニヤと笑うのだった。

【ドルマン編】おかしな彼女

ドルマンは、茂みから顔を出すものの、かたくなに視線を合わせようとしないパートナーを見て、溜め息をついた。

「ミュカ、せめて打ち合わせをしないか？　ぶっつけ本番は流石《さすが》にまずいだろう」

肩で切り揃えた黒髪が僅《わず》かに揺れる。

「いいけど……」

「では……」

足を踏み出したドルマンの気配を感じたのか、ミュカは息を呑み、無駄に軽やかな跳躍で後方へ飛び去った。俯《うつむ》きつつ中腰で構え、生い茂る草に隠れて威嚇《いかく》する。

「近付かないで！」

ドルマンは額《ひたい》に手を当てて空を仰《あお》いだ。


時は二刻ばかり遡《さかのぼ》る。

休日明けの朝、側近の中で一番早く出勤したドルマンに、開口一番、シメオンが告げた。

「本日未明、町外れの倉庫から医療用のマタタビが大量に盗まれたらしい。犯人はまだ森を移動している最中だと思われるので、急ぎ後を追ってくれ」

聞けば、今日は朝から問題が勃発《ぼっぱつ》しているという。

ところが、未明からチャドの妻ロミが産気づき、付き添いのためにチャドは休み。ベアルは休日に夫婦で遠出した際に老朽化した橋が落ちるというハプニングに巻き込まれ、山を迂回《うかい》して帰還中だ。その他、貸出衣装に関してのトラブルがあってレッサードが担当し、財務書類の紛失の件はフォルクスに任せる予定であるという。

「手が空《あ》いているのはお前だけなのだ。バッドが隠密を一人付けてくれるらしいから、一緒に行ってくれるか」

「御意」

ドルマンが胸に手を当てて答えると、シメオンはほっとしたように顔を緩めた。

「俺も今はアナベルの傍《そば》を離れられん」

「存じております。なんのこれしき、すぐに捕らえて見せましょう」

王妃は現在妊娠中で、臨月を迎えている。シメオンは公務の合間に度々様子を見に行き、かいがいしく世話を焼いていた。

後継者の誕生に、さぞや王国は沸くことだろう。

側近達も順調に番《つがい》を見つけて所帯を持っている。

王国も安泰だな……などと、他人事のように考えるドルマンであった。

鋭敏な印象を受ける彼だが、その中身はかなりの天然さんだ。

勿論《もちろん》、他の側近達と同じく戦闘能力は高く、才気もある。

かつてのベアルのように、淡白なわけでもない。少々おめでたいだけだ。

村の武闘会で優勝して王の側近に選ばれたものの、家族や友人はこぞって彼を心配した。こんなのほほんとした奴に国の要職が務まるのかと。

実は、その大会の優勝候補の本命は他にいた。

常にトップに君臨するその人物は、才色兼備で風のように軽やかに技を繰り出すという。

別の地区であったため顔を合わせたことはなかったが、ドルマンも噂だけは聞いていた。

そう、それが今、目の前でドルマンに対して牙を剥《む》いているミュカだ。

ドルマンの一年遅れで上京して隠密試験に合格した彼女は、現在バッドの部下として活躍している。

彼女はドルマンを目の敵《かたき》にしていた。

同郷の獣人の話によると、ミュカは武道会準決勝当日に熱を出し棄権した。まあ、それもあってドルマンが優勝できたわけだが、どうやらそれを逆恨みしているらしい。

(別に私は悪くないんだがなぁ……)

ともあれ、バッドがつけてくれた隠密が彼女だった。このままでは任務に差《さ》し障《さわ》る。

(どうしたものか……)

ドルマンは頬を掻《か》いて思案した。

「奴らはすぐ先にいる。あまり大声は出せない。そんなに離れていては声が届かないだろう？」

「大丈夫だ。聞こえてる！」

「ミュカ、頼むよ」

ミュカはビクリと身体を震わせると、背中を見せる。

「分かった」

側の木にスルスルと上って枝にぶら下がり、ひょいと飛んだ。そのまま枝伝いにドルマンの近くの木に飛び移り、幹から顔を覗《のぞ》かせる。

ドルマンはその身軽さに圧倒され、あんぐりと口を開けて頭上を見た。

「見事なものだな」

「……これでも隠密ですので」

「なんでいきなり敬語？」

「ドルマン様は先輩ですので」

「同級生だよね」

「王城では先輩で、上役ですので」

「……まあ、いいけど……それで、相手の人数は八人、武器は短刀が三に棍棒《こんぼう》が二。後の三人は丸腰で間違いないか？」

「はい」

「まずはミュカが樹上からクナイで攻撃、隙を突いて私が地上から攻撃するので、そのまま援護してくれ」

「私がすべて仕留めます」

幹から覗く黒い猫目を見つめる。

「二人でやったほうが早い」

「ドルマン様の手を煩《わずら》わせずとも私が全員生け捕ります」

「……一応、私も戦えるんだが……」

張り合っているのか見下しているのか不明だが、王から任された以上、ドルマンとて何もしないわけにはいかない。

「重々知っております。ドルマン様はお強い」

「だったら信頼してくれ。足でまといにはならないし、君の功績を邪魔するつもりもない」

「そんなつもりはございません」

ドルマンは地面に座り込んだ。

「なら、一人ですべてやろうとするな。今日は私が君のパートナーだ」

頭上で息を呑む音が聞こえる。ドルマンはそのまま言葉を続けた。

「私のことが気に入らないのならそれでもいい。しかし、公私混同はいかがなものだろう。仮にも君は王城所属の隠密だろう？」

ミュカが黙ったので、言いすぎたかと心配になる。正直に言って、これ以上、彼女に嫌われたくない。

むしろ、これを機会に仲良くなりたいと思っていた。

王城で働く同世代の獣人で同郷の者はさほど多くない。たまには酒でも飲み、昔話や職場ネタで盛り上がりたい。

ミュカは村では知らない者がいない有名人で、その見た目の美しさも相まって男子の話題には必ずと言っていいほど登場した。

ドルマンとて一度話してみたい、その程度には興味を持っていたのだ。

「まあ、どうしても嫌だと言うなら強制しないが……」

自分が援護に回り、拘束を担当してもいい。できるだけリスクを負うつもりで提案したが、ミュカほどの腕前ならドルマンの出る幕はなさそうだ。

「きらっ、嫌ってなど……おりません!!」

いきなりの大声が頭上から落ちてきて、ドルマンは驚く。ミュカは幹にペッタリ貼り付いて震えている。

「それは誤解です!! 確かに!! 私の態度は誤解を招くものではありましたが!!」

「ミュカ、分かったから、声がデカい。ちょっと控えようか!?」

「す、すみません」

ドルマンはふぅと息を吐き、木の上を見上げた。そして幹に手をやり、足を掛ける。

幹を挟んで反対側の枝の上に立ち、ミュカに訊《たず》ねた。

「だったらどういうわけだろう。君は王都に来た時から私を避けていたよね。目は合わせないし、姿を見れば隠れるし」

彼女は幹の向こうから三角の黒耳と片目を覗かせて、こちらを見ている。大きな吊り目の目尻に小さな黒子《ほくろ》が見えた。

「あ、目の下に黒子《ほくろ》があるね」

「へっ！　は、はぁ……」

「知らなかったなあ……。何しろこんなに近くで君と向き合うのも、話すのも初めてだから」

ドルマンはまじまじと僅《わず》かに見えるミュカの顔を観察する。

彼女はじりじりと幹の向こうに隠れ始めた。

「あ、隠れないでくれ。まだ見足りない。というか、そこから出てきてくれないか」

「それはちょっと……」

「どうして？　私は全部晒《さら》しているのに不公平だよ」

「不公……平、ですか」

ミュカが目を瞬《またた》く。

「知ってるよ。君さ、度々物陰から私のことを窺《うかが》ってるよね」

ドルマンは気付かぬふりをしていたが、背後から怨念《おんねん》のこもった目を向けるミュカの姿がガラスに映るのを、しばしば目撃している。

ミュカはドルマンの言葉に息を呑み、真っ赤に染まり始めた。

「そっちが見てるのに、私が見ては駄目だなんて納得できない」

「そ、それは……確かにそうですが」

「言いたいことがあるなら姿を見せて堂々と言うべきでは？　といっても、私にはとんと心当たりはないが……」

彼女はごくりと喉を鳴らすと、観念したように目を閉じて息を吸い込んだ。幹の陰からゆっくりと姿を現し、ドルマンから見て左の枝に飛び移る。

ドルマンは初めて至近距離で見るミュカの美貌《びぼう》と抜群のスタイルに見惚《みと》れた。

切り揃えた黒い前髪から覗《のぞ》く猫目は大きく、長い睫毛《まつげ》に縁取《ふちど》られた萌黄色《もえぎいろ》の瞳が頼りなげに揺れている。

ツンと高い鼻に、引き結ばれた赤い唇。細い首と、すらっと伸びた長い手足。程《ほど》よく盛り上がった胸と細い腰。そして長く細い黒毛のしっぽ。

上半身は黒いぴっちりとした隠密服に覆《おお》われているが、下半身は太ももの上部までしか丈のない短いパンツに黒い足袋《たび》しかつけておらず、脚線美を惜しげもなく晒《さら》している。

噂には聞いていたがとんでもない美女だ。

「ミュカ……君、綺麗だな」

「はっ？　いえ、私なぞ、足元にも及びません」

ドルマンは首を傾《かし》げる。

ミュカは誰と比べているのだろうか、憧れの女隠密でもいるのだろうか。

しかし、彼女は思い余ったように、声を裏返して叫んだ。

「ドルマン様には遠く及びません……！　いえ、何人たりとも貴方様には敵わない!!」

その言葉にぎょっとしてミュカに視線を戻すと、目を潤《うる》ませて両手を胸の前で握り合わせ一心にこちらを見つめる美女がいた。

「え……？」

「ずっとファンでしたっ！　ドルマン様！　貴方は私の太陽、いえ、神ですぅーーーーーーー!!」

「……え、え、え？？？」

言っている意味が呑み込めないドルマンは動揺し、枝の上でバランスを崩して足を滑らせる。

すかさずミュカが飛んできて、彼の腰に手を回して引き寄せた。

「大丈夫ですか？　ドルマン様」

整った美しい顔に真上から覗き込まれ、ドルマンはたじろいだ。

（立場逆転してないか？　これって明らかにヒロインの立ち位置だぞ？）

し、しかし、かっこいいな。

ドルマンはミュカの美しい顔を構成するパーツを一つ一つ堪能《たんのう》しつつ、声を絞り出す。

「大丈夫だ……け……ど」

彼女はドルマンを枝の上に立たせると、パッと飛びのいて元の場所に戻り、顔を覆《おお》ってもじもじ身悶《みもだ》えた。

「きゃあっ、ドルマン様に触れてしまったわ！　ミュカ、当分腕は洗わないぃ」

ドルマンは呆気《あっけ》にとられてミュカを見る。

どうやら演技ではなく、この美女は本当にドルマンを憧れの存在と定めて崇《あが》めているらしい。

「あの……何か勘違いしているのではないかな？　私は君にそこまで崇拝されるような者ではないと思うのだけど……」

「何を仰《おっしゃ》るんですか！　ドルマン様は世界一です！」

「郷の選抜武闘会でも、優勝するのは君に間違いないと言われていた。体調を崩さなければ確実に君が側近に選ばれていたろうに」

「あり得ません。ドルマン様に勝てるわけがございませんわ。だって、いつもドルマン様は手を抜いておられた。本気を出せば数秒で終わる試合をわざと長引かせていらっしゃったでしょう」

ドルマンは驚いた。

これまで誰にも見抜かれたことなどなかったのに。

ミュカはつんと顎《あご》を上げ、胸に指先を当てた。

「私は、ドルマン様が出場した公式試合を可能な限り観戦しております。誰よりもドルマン様に詳しいと自負しております」

「……だったら、想像できていたのじゃないか？　なぜ私が手を抜いていたか」

ドルマンは腕を組んで睨《にら》むが、彼女は事《こと》もなげに答える。

「側近になどなりたくないとお考えだったのでしょう。けれど、それは赦《ゆる》されません」

この時ばかりは目を逸《そ》らさずドルマンを見た。

その真剣な眼差《まなざ》しを受けて、ドルマンは背中がゾクゾクと波打つ心地がした。

「新国王を支える側近には、五大村の最も強い獣人が就任する習わしです。我らの郷での最強はドルマン様。それを曲げることは国への裏切り、謀反《むほん》とも言えることです」

「……まさか、君は体調を崩したと嘘をついて私を優勝させようとしたのか？」

ミュカは頬に手をやると、恥ずかしげに俯《うつむ》いて首を横に振る。

「い、いえ、ドルマン様と組み合えるのを楽しみにしておりました！　楽しみすぎて連日眠れず、睡眠不足の上に食事も喉を通らず、極めつきにドルマン様のことを考えながら長湯して湯冷めしましたの」

「……ああ……そう」

高熱を出しながらも武闘会場に足を運び、ドルマンが見事優勝を収めた瞬間を目蓋《まぶた》に焼き付けた途端、彼女は仰向《あおむ》けに倒れて医院に運ばれたという。

「ドルマン様が王都へ旅立ったのを見届けて、隠密としてお傍《そば》で働くのを目指して後を追いましたの」

「私を追ってきたのか!?」

ミュカはシュンと項垂《うなだ》れた。

「さぞ気持ち悪いとお思いでしょう。でも、私は一生陰から見守るだけで、接触しようなどという大それた望みなど持っていなかったのです」

「一生陰から見ているつもりだったのか。なぜそこまでして……」

彼女は縮こまり、小声で告げる。

「分かりません。けれど、一目見た時からドルマン様の大ファンなんです。ドルマン様は才能がありながらもひけらかすことなく、礼儀正しく心優しい方。そういうところも大好きです」

鼓動がドクンと強く鳴り、ドルマンは思わず胸を押さえた。

「知っております。ドルマン様が誰よりお強いのは誰よりもお優しいから。なるべく相手の命を奪わぬように戦う術《すべ》を取得するべく努力されたためですわ」

初めて話したミュカにそこまで見抜かれていたことに驚き、絶句する。

「……でもどうか本日お話ししたことはお忘れください。いずれドルマン様が番《つがい》を迎えられたら、ファン活動はキッパリやめて郷へ帰るつもりです」

「番《つがい》を見つけるまで、ミュカは私を見守り続けると」

「ご安心ください。プライベートな時間は遠慮しております。ええ、そこは弁《わきま》えております！　勤務中だけに限っておりますので！」

ミュカは必死で説明した。

「どうか、それまでお許しいただけませんか？」

萌黄《もえぎ》の瞳を潤《うる》ませて懇願《こんがん》する彼女から目を離せず、ドルマンは戸惑《とまど》う。

（なんだろう？　この気持ちは）

やたらと胸が高鳴って、鼓動が煩《うるさ》い。

彼は経験したことのない身体の変化に激しく動揺していた。

「と、ともかく、今は任務だ！　そうだ、さっさと解決してしまおう。詳しい話はそれからだ。……じっくり……」

（じっくり語り合いたい。そう、もっと傍《そば》に寄って……）

沸き立つ胸を押さえて、キッと顔を上げる。

「ミュカ、援護してくれ！」

「はいっ！」

二人は足音を忍ばせて窃盗一味に近付いた。

男達はマタタビの入った布袋を予め掘ってあったであろう穴に運び込み、その上から落ち葉をかけて隠している。

ドルマンとミュカは顔を見合わせ頷《うなず》く。

ミュカはスルスルと近くの木に上って枝に乗り、クナイを指の間に挟んで構えた。

ドルマンは目を閉じ呼吸を整えると、右手を上げる。

クナイが前方に放たれ、男達の足元に向かって飛んでいく。

それが地面に刺さるより早く、ドルマンは走り出した。ヒュンヒュンと音を立てて次々とクナイが飛ぶ中を身を低くして進む。窃盗一味に反撃の隙も与えず急所を正確に一撃し、倒していった。

あっという間だ。

窃盗一味は唸《うな》り声《ごえ》を上げて全員地面に転がっている。

ドルマンはロープで彼らの手足を拘束していく。ミュカが枝から飛び下りてきてそれを手伝った。

「王城へ連絡しますか？」

「いや、先に近くの詰所に連絡してコイツらの輸送を任せる。とりあえず森を出よう」

「はい」

「しかし、流石《さすが》だな。動きやすい援護だった」

ドルマンは手際よく縄を縛り付けていくミュカに視線を向ける。

もしかしたら側近達よりも呼吸が合っていたかもしれない。

「恐縮です。いつも観察させていただいていたからでしょうか。ドルマン様の動きを上手《うま》く読めました。ここまで誰かに合わせられたのは初めてです。自然と身体が動きました」

ミュカは嬉しそうに笑う。

ドルマンは考え込む。

自分もそうだ。

背中を向けながらも、ミュカの繰り出すクナイの軌道が読めたし、離れていても動きが見えるようだった。

任務を共にするのは今日が初めてなのに。

ドルマンは立ち上がり、逸《はや》る気持ちを抑えて声を掛ける。

「早く行こう。森を出たら君に話がある。逃げるなよ」

「えっ？　あ、ははいっ」

走り出した彼の後をミュカが慌てて追う。

その気配を感じながら、ドルマンは自然と笑みを浮かべていた。

ドルマンはミュカを町外れのカフェに誘い、椅子を引いて座らせた。

彼女は緊張の面持《おももち》でゆっくりと腰を下ろす。

そしてドルマンは、テーブルを挟んで正面にあった椅子を移動させ、ミュカの隣に座った。

肩が触れ合う距離だ。

ミュカは頬を染めて縮こまる。

ドルマンはその顔を覗き込み、膝《ひざ》の上で握られていた手に自分の手を重ねた。

(この気分の高揚……間違いない)

ドルマンは顔を緩める。

「あ、あのぅ、ドルマン様、ちかっ近すぎです」

ミュカの言葉を無視して美しい顔をじいっと見つめた。更に顔を近付けてその香りを嗅《か》ぐ。

高まる気持ちが抑えきれず、フフフと笑い声が漏れた。

「ひっ、あの、何かおかしいですか⁉」

ミュカは目をキュッと瞑《つむ》り、震えている。

「ミュカ、どうして君は私に話しかけてくれなかったんだろうね」

「ひぃ、すみません、陰から勝手に覗いて、気持ち悪くてすみません!」

「そうじゃないよ。君からもっと早くに近付いていてくれていれば、すぐに分かったのに」

ドルマンは握った手を親指で撫《な》でた。

「あ……っ」

ミュカは身を震わせて声を漏らした後、片手で口を覆《おお》う。羞恥《しゅうち》のあまりか、その瞳には涙が浮かんでいる。ドルマンはその可愛らしくも艶《なまめ》かしい表情を見て、唇を舐《な》めた。

「先を越されたのは悔しいなぁ」

ミュカが恐る恐る彼を窺《うかが》う。

「私が先に君を見つけたかった」

その言葉の意味を測りかねているのだろう、僅《わず》かに首を傾《かし》げた。

ドルマンはその細い鼻に、自らの鼻を重ねて囁《ささや》く。

「君は私の番《つがい》だ」

たっぷりの沈黙の後、ミュカが顔を逸《そ》らした。

「そ、そんなこと……！」

「間違いない。私の全身がそう教えてくれている。胸が高鳴り、身体が熱い。君に近付きたくて仕方ない……君の香りに酔っている。ミュカはどう？」

「ド、ドキドキするのは当たり前です。ずっと憧れていた方がこんなに近くにいるのですから……！」

「それだけ？」

ドルマンはミュカに息を吹きかける。

「あっ、やぁ」

ミュカはふるふると震えて、素足をモジモジと擦《こす》り合《あ》わせた。

「わ、私、そんな、そんな図々しいこと、望んでなどっ」

「望んでほしい。なぁ、素直に感じてくれミュカ。君が今感じているのは憧れか？　羞恥《しゅうち》か？　それとも……欲望か？」

息を呑み、泣きそうな顔でドルマンを見る。

「この店は宿屋が隣接してる。一緒に行くかい？」

彼女は目を伏せて小さく頷《うなず》いた。


ドアを閉めるとすぐに、ドルマンはミュカを背後から抱き寄せ、鼻の下にある艶《つや》やかな黒髪の香りを吸い込んだ。

たったそれだけの行為に、身体中が震え、歓喜している。

「てっきり君には嫌われていると思っていたから、迂闊《うかつ》に近付けなかった……」

片手でミュカをがっちりと捕まえたまま、もう片方の手で完璧な身体の線をたどる。

「君は美しい……私の番《つがい》には勿体《もったい》ないほど」

「ああ……ドルマン様っ、私こそ貴方に見合うようなものは持ち合わせておりません」

ミュカの剥《む》き出しの太ももを撫《な》で上げ、くびれた腰を掌《てのひら》で味わった。そして、程《ほど》よい大きさの胸を掴む。

「ミュカ。私にすべてを晒《さら》して見せてくれ」

「はん、ドルマン様が私ごときの裸を見たいと仰《おっしゃ》るなら私っ、よ、喜んでっ脱ぎます！」

「フフ……可愛いことを言うね。でもどちらかと言うと、私が脱がしたいな」

ドルマンは隠密服の合わせに手を差し入れて、柔らかい素肌に触れる。膨らみを揉《も》み上《あ》げて先端を指で摘んだ。

「あっ、ああん、ドルマン様っ」

荒い息を吐きながら、顔を傾けて喘《あえ》ぐミュカの黒い耳に息を吹き付け、開いた足の間に自らの足を割り込ませてグッと押し付ける。

凭《もた》れ掛《か》かる身体を胸で支えて隠密服を左右に開くと、白く形のよい果実がまろび出た。

すかさずそれを掬《すく》い上《あ》げ、桃色の先端を捏《こ》ねる。

「やっ、んあ、ああっ」

「綺麗だミュカ……もっと鳴いてくれ……ああ、とてつもなく興奮する……君は凄《すご》い」

「やっ、ドルマン様ぁっ、ミュカ、もう死にそう」

首を左右に振ってイヤイヤするミュカを見下ろし、込み上げる激しい欲望を必死でコントロールした。

(あああ、旨《うま》そうだ)

ドルマンに弄《もてあそ》ばれてツンと硬くなった蕾《つぼみ》が目に入り、口の中に唾液が溜まる。

早く舐《な》め回《まわ》して、蜜を啜《すす》りたい。

ドルマンは薄い腹を撫《な》で、手をショートパンツの中に差し入れた。性急に指を伸ばすと、たっぷりと潤《うるお》った泉にたどり着く。

「ああ、こんなに濡らして……」

「ああん、すみませんドルマン様っ、いやらしい女でごめんなさい」

「何を言う。もっと乱れてくれ、もっといやらしくよがる君が見たい」

「いやぁっ！　そのお言葉だけで昇天しちゃうぅぅ」

「それはまだ早い」

ドルマンはミュカから手を離して腕を掴み、部屋の大半を占める大きなベッドまで連れていく。

「ミュカ、服を脱いで」

「は、はいっ」

ミュカはベッドに腰掛けて、覚束《おぼつか》ない手つきで既《すで》にはだけていた服を脱いでいった。

ドルマンはその間に手早く自らも裸になり、もたもたと足袋《たび》に手を掛けるミュカを待ちきれずにベッドに押し倒す。

「はあっ、ドルマン様がはだっはだっ」

彼女は顔を覆《おお》い、足をバタバタ動かしている。

完璧な肢体を晒《さら》しながらドルマンの裸に興奮する彼女はやはり何処《どこ》か変で……しかし、到底手放せないほど惹《ひ》かれてしまう。

ドルマンはミュカの片手を掴み、自らの胸に当てた。

「思う存分触ればいい。私は君のものだ」

「いやぁっ、ドルマン様がわ、私のっ」

「好きにしていいんだぞ」

ミユカは顔を真っ赤に染めて口を覆《おお》いつつも、そっとドルマンの胸を撫《な》でる。

ドルマンは突如襲われた快感に、ゾクゾクと身を震わせた。

「くっ、ミユカっ」

悶《もだ》える彼を見た途端、ミユカは目を爛々《らんらん》と輝かせ、ガバッと身を起こす。

「ドルマン様、ミユカの手で快感を得ておられるのですか？」

ドルマンの肩に顔を乗せて、そっと囁《ささや》く。その間も手はドルマンの胸から腰を撫《な》で回《まわ》す。

「お可愛い……ドルマン様……はあ、私のドルマン様」

「う、ミユカ、ああっ」

ミユカはドルマンの肌にピトリと貼り付くと、首を伸ばして唇を寄せた。

「お願いです。ドルマン様、ミユカに口付けする許可を」

ドルマンはその赤い唇に食らいついた。

舌を絡ませたまま、再び彼女をベッドに押し倒す。身体を擦《こす》り付《つ》け、喉に噛み付いた。

「ああっ！」

胸を掴み、そそり立つモノを下半身に押し付ける。

掴んだ両胸にかぶりつき、舌で夢中で舐《な》め回《まわ》した。

ドルマンは獣《けもの》の本能のままミユカを貪《むさぼ》る。

常に物事を傍観《ぼうかん》していた冷静な自分は消え去り、ただ目の前の女を激しく求めた。

ミュカの黒く長いしっぽを掴んで甘噛みしながら、濡れた花弁を探《さぐ》る。

彼女は身体を反《そ》らしながら甘い声を上げて悶《もだ》えた。

「はあっ、ドルマン様ぁっ、ミュカおかしくなっちゃう」

「乱れろミュカ、もっと私を求めろ」

ドルマンは彼女の足を開き、花弁にしゃぶりついて無茶苦茶に舐《な》め回《まわ》す。

乱暴な舌の愛撫《あいぶ》に、ミュカは声も上げられないようだ。ハクハクと赤い唇を震わせている。

ドルマンはベッタリと蜜で濡れた口を拭《ぬぐ》い、ハアハアと荒く熱い息を吐く。

「ミュカ、すまん、止まらない」

剛直を掴んだ彼を見下ろし、ミュカは息を弾《はず》ませながら妖艶《ようえん》に微笑《ほほえ》んだ。

その壮絶に美しい表情に、ドルマンは息を呑む。

ミュカが赤い舌で唇を舐《な》め、手を伸ばした。

「早くおいでください、ミュカの中へ。充分潤《うるお》ってドルマン様をお待ちしております」

ドルマンは誘われるように赤く色付いた花弁へ己の竿《さお》を押し付け、グチュグチュと蜜をこぼしながら押し込んでいく。

あまりの気持ち良さに、はあああと長い息を吐き、目を瞑《つむ》って上を向いた。

「ああ……っ、これが番《つがい》との営《いとな》みか……！　なんて、なんて……凄《すご》い」

「はああっ、ドルマン様、もっと奥へ、深くミュカを貫《つらぬ》いてください」

ミュカが腰を揺らして強請《ねだ》る。ドルマンはグッと腰を押し進め、柔らかくも凶悪に波打って竿《さお》を刺激する中に、己のものをズッポリと収めた。

「ミュカ……おそろしく気持ち良い」

「ミュカもです……ああん、幸せで死んでしまいそう。はあっドルマン様が私の中にいるんですね」

「ああ待て動くな、我慢できない」

「我慢などっ、早く早く突いてください！」

「わ、分かったから、ちょっと待て」

「ああん、待てません！　早くミュカをメチャクチャにしてください！　ドルマン様の精を放ってっ」

興奮して身体をくねらすミュカの誘惑に負けて、ドルマンはなけなしの理性を手放した。本能に任せて激しく腰を突き上げ、ミュカの身体を揺さぶる。あまりに強い快感に目がチカチカした。

竿《さお》に集結した欲望がビクビクと脈打ち、ドルマンは深くミュカを突き刺す。

「あ、あ、あ、あああああああぁぁぁぁっ！」

ミュカの甲高《かんだか》い悲鳴を聞きながら、ドルマンは迸《ほとばし》る熱を吐き出した。

＊　＊　＊

「ドルマンとミュカが帰ってこない」

頬杖《ほおづえ》をついてボソッと漏らすシメオンを見て、フォルクスとレッサードが顔を見合わせた。

「そう言えば、もう夕方ですね」

「異色のコンビだけど能力的には最強と言ってもいいのに。素人《しろうと》に毛が生えたような窃盗一味なんて瞬殺できるはずだよねぇ」

「窃盗団は森の側にある詰所の騎士らが連行してきた。奴らは昼前に王城の牢屋に収容済みだ。ドルマンとミュカに頼まれたと言っている」

「え？　じゃあ、二人でその後消えちゃったの？　変なの。ドルマンは確かミュカに恨まれてるって言ってたよねぇ」

その時、執務室の窓から黒ずくめの男が顔を出した。

「おや、バッド。ちょうどいいところに。貴方の部下とドルマンが何処《どこ》かへ行ってしまったようなのですが……」

バッドはニンマリ笑うと、レッサードをチラリと見やる。レッサードは怪訝《けげん》そうに見返す。

「最後の締めはレッサード様ということで。チャド様が戻られたら掛け金を精算しましょう」

二人は唖然《あぜん》としてバッドを見た。

「まさか、ドルマンとミュカが⁉」

「バッド、貴方、まさか予想していたんですか？　だからわざと二人を組ませて……」

バッドが肩を竦《すく》める。

「私はただ、ミュカに、長く憧れていたドルマン様と話す機会を与えてやっただけですよ。まさか番《つがい》だなんて知る由《よし》もない」

シメオンは腕を組んで食えない隠密を睨《にら》み、その後、諦めたように溜め息をついた。

「まあいい。めでたいことだからな。が、側近が三人揃って休暇とは。明日からの公務が思いやられるなぁ。レッサード、落ち込んでる暇はないぞ」

レッサードは青ざめてふるふると震えている。

「まさか僕がドルマンに先を越されるなんて……最後に残されるなんて……信じらんない……」

「それで、賭けはバッドの一人勝ちですか？」

フォルクスの問いに、シメオンとバッドは神妙な表情を浮かべた。

「いや、俺の一人負けだ」

レッサードが血走った目をバッドに向ける。

「どういうこと⁉　ベアルもチャドもバッドもドルマンに賭けてたってこと⁉」

「まあ、そうです」

「なんで⁉　頭ん中お花畑のドルマンだよ？　あんなボーッとした奴が僕より先だと思ったの⁉」

「ドルマンはああ見えて冷静沈着で策略家なんですよ。根は確かに善良ですけどね。貴方は計算高い上に他人に厳しいし落ち着きがないし……」

レッサードは泣きそうになりながらシメオンに訊《たず》ねる。

「でもっ、でも、王は僕に賭けてくれたんですよね？」

シメオンは気まずげに目を逸《そ》らした。

「だって、誰かお前を選ばないと、賭けにならないだろ？」

「ひっ、酷《ひど》いぃぃぃぃぃーーーーー‼！」

その日、レッサードの悲しき叫びが、城内外に響き渡ったという。

【レッサード編】僕の歌姫

レッサードは手元のグラスを持って、うっとりとその歌声に聞《き》き惚《ほ》れた。

場所は王都の裏通りにある酒場だ。

元々は大衆食堂だった場所を今の経営者が買い上げて、ステージ付きのレストラン＆酒場に改装したものだった。

今日は休日の翌日で客は少なめ。レッサード以外は皆複数でテーブルを囲み、楽しげに食事をしている。

曲が終わり、疎《まば》らな拍手の中、暗いステージ上で彼女は深々と礼をした。

レッサードは誰よりも大きな拍手を送る。

フード付きの濃紺のロングドレスの裾《すそ》を持ち上げながら舞台の袖へ去っていく歌姫。

その姿をじいっと目で追い、レッサードは息を吐く。

(ああ、終わってしまった。次はいつ会えるのだろう)

彼女を見つけたのは偶然だった。

ふらっと立ち寄ったこの店で、その声を聞いた瞬間、囚われた。

透《す》き通《とお》るような声は甘く切なく響き、かと思えば力強い。とにもかくにも、たちまちレッサードの心を鷲掴《わしづか》みにしたのだ。

センチメンタルな曲調もその時の彼の心情にピッタリと嵌《はま》り、席に着くのも忘れドアの前で棒立ちになっていた。彼女がステージから去った後、レッサードは急いでカウンターに向かい、見知ったバーテンダーに詰問《きつもん》した。

「ああ……ダフネですか。うちのボスが見つけてきたんですよ」

「ダフネ！　ダフネというのか、素敵な名前だ！」

「ええまあ、本名かどうかは怪しいですけどね。専属になってほしいと頼んだんですが、どうやら本職は別にあるようで断られたそうですよ。ボスがしつこく食い下がったんで、不定期でもいいならと渋々引き受けてくれたと聞きました」

それでは次に歌う日は未定なのかと訊《き》くと、ダフネは次のステージの予定を必ず告げて帰るという。

次は八日後のこの時間だと聞き、レッサードはしっかりと記憶したのだ。

「それにしてもえらくステージが暗かったね。全然顔が見えなかったよ」

レッサードが抗議すると、バーテンダーは苦笑いする。

「ご容赦くださいレッサード様、ダフネの希望なんですよ。ここで歌っていることを誰にも知られたくないようです」

レッサードは果実酒の入ったグラスを手に持ったまま、ぼんやりと先ほどの歌声を回想した。

癒《いや》されると同時に胸が激しく疼《うず》き、掻《か》き乱される。

それまで歌を鑑賞するなどという情緒のある趣味など持ったことがない自分が、なぜここまで惹《ひ》きつけられるのか？

レッサードは一つの可能性を考えていた。

そう、ダフネが番《つがい》である可能性だ。

同じ側近のベアルは味で番《つがい》を見つけた。

であれば、声で見分けることだってありそうではないか。

客席を見回しても、ダフネの歌に聞《き》き惚《ほ》れて賞賛の拍手を送る獣人はいても、熱烈にコールを送ったり、自分のように長く余韻に浸《ひた》ったりしている客は見当たらない。

自分だけだ。

レッサードはその思い付きに胸を高鳴らせるが、確かめる術《すべ》がない。

正体を明かすのを嫌がるダフネにどう接触すればよいのか。

話しかけた挙句に逃げられ、店まで辞められてしまえば元も子もない。

図々しく遠慮のない性格と常々称されるレッサードであったが、今回ばかりは慎重にならざるを得なかった。

乳母部屋の中から、エグエグとしゃくりあげるような鳴き声が聞こえてきて、レッサードはドアノブを握る手を止めた。

どうやらまずいタイミングで訪れたようだ。

ここは、王妃アナベルと先々月に誕生した王子マリオンが日中過ごしている部屋で、基本的には雄の獣人の立ち入りが禁じられている。

アナベルが授乳を行うタイミングで入室したとなればシメオンに殺される。

レッサードはドアの前で躊躇《ちゅうちょ》していた。

「あら、レッサード様、王妃様にご用ですか？」

掛けられたハスキーな声に視線を向けると、地味な出で立ちの侍女が籠《かご》を抱えてこちらを見ている。青みがかった灰色の髪を後ろでキュッと纏《まと》め、ほぼ同じ色の小さめの三角耳がピンと頭上に立っていた。

「ヴァニラ」

彼女は王妃の育児を手伝うために新しく雇われた侍女だ。

ヴァニラは化粧っけのないそばかすの浮いた顔をこちらへ向けている。

「お祝いの品に乳児用のおもちゃをいただいたんだ。マリオン様をあやすのにすぐにも使えそうなものだったから、シメオン様に代わって届けに来たんだけど」

「今でしたらお会いになられても大丈夫だと思いますよ」

「でもさっきマリオン様の鳴き声が……」

ヴァニラはレッサードの前に割り込むと、扉をノックした。

その項《うなじ》から少しばかりキツい花の香りが漂《ただよ》い、レッサードは眉を顰《ひそ》める。

「アナベル様、ヴァニラです。レッサード様がいらっしゃっておりますが」

「オムツを代えている最中だけど、それでもよければ入ってもらって」

ヴァニラはドアを開けてレッサードを中へ通す。

「どうぞ、レッサード様」

「レッサード、久しぶりね」

アナベルはレッサードに笑顔を向けたが、その手は木製のベビーベッドに差し伸べられている。

「東の長《おさ》が訪ねていらして、これをマリオン殿下にと」

レッサードは箱に入っていた玩具を取り出した。取手の付いた丸い筒の両側に紐が下がっており、先に丸い玉が括《くく》りつけてある。

アナベルはそれを受け取ると、不思議そうに眺めた。

「どうやって遊ばせるの？」

「まあ、タンタン太鼓ですね！ ちょっとお貸しくださいい、アナベル様」

いつの間にか傍《そば》に来ていたヴァニラが、アナベルからそれを受け取って取っ手を捻《ね》じる。

コンコン……と優しい太鼓の音が鳴った。

「まあ、いい音！ 可愛いわ」

「是非《ぜひ》殿下に聞かせてあげてください」

ヴァニラはタンタン太鼓をアナベルに返し、籠《かご》に入っていたもの一式をベビー箪笥《だんす》にしまって、今し方赤ん坊が汚したオムツを包んで籠《かご》に入れる。

「洗ってきますね」

「ありがとう、ヴァニラ。いつも悪いわね」

彼女はカラカラと笑った。

「これが私の仕事ですから。アナベル様がマリオン殿下のお世話を殆《ほとん》どされているので、暇で困ります！」

レッサードはヴァニラの無礼なほどのサバサバとした口のきき方と態度に眉を寄せる。

……自分のことを棚に上げて。

ヴァニラが部屋を出ていくと、さっそくアナベルに詰《つ》め寄《よ》った。

「なんだか失礼な子ですよね？」

「そう？」

アナベルはマリオンを抱き上げてあやしている。

「新参者のくせにあんな口をきいて。アナベル様は王妃なんですよ！」

「違うのよ。私が気を遣わないでほしいと言ったから、ヴァニラはそうしてくれているの」

「でも、動きもガサツだし香水もキツいし。あんな子にマリオン殿下を任せて大丈夫なんですか？前職は保育士だって聞いたけど本当かなぁ」

レッサードは不満そうに目を細める。

アナベルは相変わらず口の減らない側近に苦笑いした後、マリオンに視線を移し、シメオン譲りのモフモフの耳を撫《な》でながら話しかけた。

「マリオンはヴァニラが大好きよねぇ。上手にあやしてくれるし、ヴァニラのお歌を聞くとすぐお眠になるのよねぇ」

そしてレッサードに微笑《ほほえ》む。

「ヴァニラは優秀な乳母よ。そして、ああ見えてとても繊細《せんさい》なの。彼女を見てたらすぐ分かると思うわよ」

アナベルにそう言われては取り越し苦労だと言わざるを得ない。

しかし、何処《どこ》か納得いかない。

レッサードはそれからこっそりヴァニラを観察し始めた。

加えて城に働く者にさりげなくヴァニラのことを訊《たず》ねて情報を収集する。概《おおむ》ね高評価だ。

「マリムルは褒めてたぞ。授乳中の王妃様に特別滋養がつく料理を出したいと相談されて、一緒にメニューを考えたと言ってたな。真面目で知識も豊富だって」

侍女長に叱咤《しった》されている年若い侍女を庇《かば》った挙句一緒に叱《しか》られたり、重い荷物を抱える者を見かけ駆け寄って手伝ったり、落ち込んでいる様子の者があれば時に強く背中を叩き、時に優しく肩を抱く。

（……確かにお節介がすぎるほどいい娘だけど）

苦手なタイプだな、と思う。

レッサードは自分の気持ちを最優先に据《す》えてズケズケと物を言うせいか、我儘《わがまま》だとか冷たいとよく言われる。

かといって、決して思いやりがないわけではない。

自分の人生に満足できなければ、他人に優しくなどなれるわけがないという持論があるだけだ。

そのせいか、他人を軸に生きているようなヴァニラを見ているとイライラした。

イライラするなら見なければいいのだが、はしっこく元気なこの侍女は何かと目に付く。

レッサードは諦めた。

要は背景だと思えばいいのだ、これが日常と思えば……

直接関わり合うことなど殆《ほとん》どないのだから。

しかし、彼女はじわじわとその行動範囲を広げていった。

「ヴァニラ、昨晩はありがとう。ロミが久しぶりにぐっすり眠れたって喜んでたよ」

「それはよかったです。お嬢様は少し肌寒いくらいがお好きなようですね。肌着を一枚少なくされれば寝つきがよくなるかもしれませんよ」

「そうか！　ロミに伝えるよ」

なんと、チャドの新居にまで呼ばれて赤ん坊の子守をしているらしい。

レッサードだってまだ行ったことがないのに。

「ヴァニラ、この間やってくれたマッサージ教えてくれない？　ドルマン様にやって差し上げたいの」

非の打ちどころのない美女が上から降ってきてヴァニラにすりよる。ドルマンの番《つがい》のミュカだ。

「いいわよ。しっぽのも教えようか」

「やったあ！　教えて教えて～」

（マッサージまでできるのか。その上、警戒心が強く滅多に人前に現れないミュカまで手なずけるとは……）

そうやって人の倍以上動き回り、みるみる周囲の信頼を得ていくスーパー侍女ヴァニラだったが、お昼の休憩時だけは、皆の前から姿を消すことにレッサードは気付いた。

てっきり侍女仲間と共にテーブルを囲みにぎやかに過ごすのかと思いきや、誰も寄り付かない資材小屋の裏にこっそりと回り込み、時間までそこから出てこない。

レッサードは古びた資材小屋の角からヴァニラの様子をそっと盗み見る。

彼女は、鬱蒼《うっそう》と緑が茂る庭と建物に挟まれた狭い土間テラスの上にぺったりと腰を下ろしていた。湿気で苔《こけ》むしたレンガの壁に背中を預け、少し顔を上に向けたまま目を閉じている。

眠っているのだろうか。

お腹《なか》は空《す》いていないのだろうか。

なぜ、一人になりたいのだろう。

レッサードはその理由を色々想像してみるが、単純に説明のつくものではない気がしていた。

青白いほどの白い肌の上に木漏《こも》れ日が落ちている。微《かす》かな風が、灰紺のおくれ毛を揺らす。僅《わず》かに開く色の薄い唇からは呼気は聞こえず、まるで魂《たましい》が宿っていないようだ。

動いている時はあれほど活力に満《み》ち溢《あふ》れて見えるのに、途端に無機質な人形に変貌《へんぼう》していた。

上下する胸が彼女の生存を教えてくれる唯一の部分で、レッサードはいつの間にかそこを凝視している自分に気付き、頭を振る。

あとをつけた上に物陰から隠れて女の胸を眺めるなど、これでは変態だ。

ヴァニラはそのままの体勢で昼休憩の時間を過ごし、終了間際に計ったように目を開く。そして、再び業務に戻っていった。


彼女はいつも笑顔で朗《ほが》らかで、公平で親切で、周囲に気を遣わせないように気を配っていた。自分を偽《いつわ》って無理して笑い、周囲の人々のためだけに生きている。

「そんな人生の何が楽しいんだ？」

レッサードはグラスに口を付け、独り言を呟《つぶや》く。

言いたいことは極力我慢せず、欲しい物は欲しいと主張し続けてきた彼には理解できない。

嫌われる奴には嫌われるし、好かれる奴には好かれる。

それの何が悪いのだ。

どうしてすべての人間に好かれる必要がある？　ご機嫌を取って生きる必要がある？

ヴァニラとは一生分かり合えそうもない、とレッサードは思った。

やがてステージから人の気配が伝わり、バンドが音合わせを始める。

レッサードは椅子に座り直し手を握り合わせた。

そう、今夜はダフネがステージに立つ日なのだ。

レッサードは朝からソワソワと落ち着かなかった。

ヴァニラの存在に不本意に掻《か》き乱《みだ》された心も、ダフネの澄んだ歌声を聞けば凪《な》いだ湖の水面のように穏やかになるはずだ。
彼は歌姫の登場を待ちわびた。
ダフネの歌声はやはり素晴らしかった。
レッサードの心すべてを奪い、どんどんと高みに引き上げる。
身体中がゾクゾクと震え、思わず自分自身を抱き締めた。
足元に置かれたランプの僅《わず》かな光に照らされながら、フードを被《かぶ》ったまま歌う天使。
その顔は窺《うかが》えない。
ああ、君のことが知りたい。普段はどうやって過ごしているの？
どんな髪色で瞳の色は何色なの？
耳は垂れ耳なの？　しっぽは長い？
どんな声で話すの？
レッサードは募《つの》る想いに突き動かされ、ステージが終わるとすぐに店の外へ出た。
ほんの少しでいいからステージ以外のダフネを知りたい。
たった一言でいいから言葉を交わせたなら……
煩《うるさ》く打つ鼓動を抑えながら裏口の古びたドアを見つめる。
国王の側近ともあろう立場で女を待ち伏せなど、咎《とが》められる行為かもしれない。
けれど、このまま何もしなければ後悔する、そっちのほうが重要だ、と奮い立つ。
裏口の扉が軋《きし》んだ音を立てて僅《わず》かに開き、レッサードは身を乗り出した。

その人物は黒いローブを被《かぶ》り、辺りを憚《はばか》るようにそっと現れる。

膝丈の裾《すそ》から、細い脹脛《ふくらはぎ》と引き締まった足首が覗く。

レッサードはそれがダフネだと確信した。

「あのっ！　ダフネさん！」

思いの外大声で呼び掛けてしまう。

彼女はひっと息を呑み、身体を跳ねさせた。ローブを顎《あご》の下で掻《か》き寄《よ》せつつレッサードに顔を向けると、ジリジリと後ずさる。

「あ、あの僕、ダフネさんの声が好きで、ファンなんだ！　それを伝えたかっただけで」

ダフネは壁に背中を付けたまま、レッサードがいる場所と反対方向へゆっくりと移動していく。

「それだけで……ごめん、怖がらせて。そんなつもりはなかったんだ。ただ、気持ちを伝えたくて……」

レッサードは泣きそうになりながら、告げた。

……ああ、やっぱり。近寄るべきではなかったのだろうか。

あのまま眺めるだけで満足しているべきだったのか。

どうしよう、もうこの店で歌ってくれなくなったら……

その時、消え入るような小さな呟《つぶや》きが、レッサードの耳を奪った。

「ありがとうございます」

レッサードは手を握り合わせ、感極まって叫ぶ。

「こちらこそお礼を言いたいよ！　君の声にいつも癒《いや》されているんだ！　この次も絶対聞きに来るから！」

「……次のステージは七日後です」

「七日後ね！　必ず来るよ！　真ん前のテーブルを確保するよ！」

ダフネは小さく頭を下げると背中を向けて足早に走り去った。

レッサードはその後ろ姿をうっとりと見送る。

（ああ、こんな近くで彼女と会話できたなんて！）

しかし、可愛い声だった。

歌声と同じように高く澄んでいた。

彼は先ほどまでダフネのいた場所に移動すると、その残り香を胸いっぱいに吸い込んだ。


レッサードは王城主催のお見合いパーティのリストを片手に厨房《ちゅうぼう》へ向かっていた。

ふと見ると、窓の外に山ほどの洗濯物を抱えたヴァニラがのしのしと歩いている。

レッサードは少し考え込み、廊下の先のドアから外へ出た。

「ねえ、ちょっと」

ヴァニラは洗濯物からひょいと顔を出してこちらを見る。

「レッサード様。私に何か？」

「君に訊《き》きたいことがあるんだけど……まずはその洗濯物を洗い場に運んじゃってよ」

レッサードは盛り上がった山の三分の二を奪い取り、スタスタと歩き出す。

「まあ！　レッサード様！　手伝っていただかなくても大丈夫です。側近様の手を借りたなんて、私が怒られますよ！」

ヴァニラが慌ててついてくる。

「なんでこんなに沢山《たくさん》洗濯物があるの？　君はマリオン殿下付きなんだから、テーブルクロスなんて洗う必要ないだろ？」

「担当の侍女が他にも仕事を抱えていたし、私は洗濯が得意なんですよ」

レッサードは鼻を鳴らし、洗い場の籠《かご》に抱えていたものを突っ込んで、残りの分もヴァニラから取り上げて放り込んだ。

「まあ、いいけど。それより君さあ、なんでパーティに申し込んでいないの？　番《つがい》の見つかっていない者は当日参加するように通達があったはずだけど？」

彼女は愛想笑いを浮かべ、目を逸《そ》らした。

「あの、私はいいんです」

「だから、なんで」

「……あの、本当にいいんです」

いつも快活なヴァニラが珍しくも言《い》い淀《よど》んでいるのを見て、レッサードは眉間《みけん》にシワを寄せる。

「それじゃあ、分からない」

「……すいません」

沈黙が落ち、彼はハアと溜め息をついた。

「だいたい君さあ、なんでも引き受けすぎでしょ。誰にでもいい顔してそんなに好かれたいわけ？」

ヴァニラは顔を上げて目を見開いた。その表情を見てレッサードは少し後悔したが、抑え込んでいた感情が溢《あふ》れ出《だ》して止められなくなる。

「それでクタクタになってお昼も食べられないなんてどうかしてる。人の顔色を常に窺《うかが》って恩を売ってる君を見てると、イライラするんだ。無理して元気で明るい自分を演じてるのを見てると、気分が悪いし腹が立つ！」

「レッサード!!」

強く咎《とが》める声が聞こえて顔を向けると、フォルクスが腰に手を当ててこちらを睨《にら》んでいた。その後ろには他の側近達も見える。

皆一様に眉を顰《ひそ》めてレッサードを見ていた。

「言いすぎですよ！　ヴァニラに謝りなさい！」

レッサードはプイと顎《あご》を上げる。

「僕は思ったことを言ったまでだよ」

「だとしてもヴァニラを傷付けていい理由にはなりません。貴方だって分かっているはずですよ」

レッサードは黙った。

「ヴァニラ、こっちへ来な」

チャドがヴァニラを連れていく。項垂《うなだ》れる頼りなげな背中を見て、レッサードは唇を噛んだ。

「貴方らしくもない。いったいどうしたんです」

執務室に連れていかれた彼は、フォルクスに説教された。

レッサードは口を引き結び、前方を睨《にら》む。

「レッサード、ヴァニラが気に入らないのか？」

シメオンが訊《たず》ねると、目を伏せた。

「お前はたとえ気に入らない奴がいたとしても、わざわざそれを本人に伝えるなんてことはしなかったはずだがな。文句があれば躊躇《ちゅうちょ》せず言うが、嫌いな奴には極力近寄らないのがお前のやり方だったろう？」

「なんでわざと傷付けるようなことを言ったんだ？」

ドルマンがレッサードの肩に手を置く。

「分かんない。でも、我慢できなかった」

「ヴァニラはいい娘だぞ。お前がよく知らないだけじゃないか？」

レッサードはベアルを睨《にら》む。

「知ってるし！　話したことはあまりないけど、ずっと見てたし！」

四人は顔を見合せた。

「ずっと見てたって……お前」

「最初は無礼な子だと思ったんだ。だけど、皆があまりに褒めるから、本当にそうなのかとずっと観察してた。確かにいい子だったけど、明らかに無理してるし……今にも壊れそうに見えた」

フォルクスがレッサードをじっと見つめてから、ゆっくりと訊《たず》ねる。

「貴方、もしかして、それをやめさせようとしたんですか？」

「……知らない。言い出したら止まらなくなっただけ」

その時、ドアを開けてチャドが戻ってきた。皆が彼に注目する。

「ヴァニラは気にしてないってさ。それどころか、気に触るような行動を取って申し訳ないって謝ってたぞ」

その言葉を訊《き》いて、五人は視線をレッサードに移した。彼は誰とも目を合わさず、窓の外を見ている。

「謝ってきなさい。ヴァニラを心配しての発言だったとしても言い方が間違っているし、あれじゃあ伝わるものも伝わりません。彼女の話も聞いて、貴方の思いを素直に話してきなさい」

シメオンは少し考えてから、レッサードに語りかけた。

「ヴァニラの生き方が間違っていると思うなら、お前が教えてやればいい。自分を軸に置いて真っ直ぐ進む方法。お前はよく知ってるんだろう？」

＊　＊　＊

ヴァニラはテーブルクロスをロープにかけて皺《しわ》を伸ばしていた。

石鹸《せっけん》の優しい香りが風に乗って運ばれてくる。

額《ひたい》の汗を拭《ぬぐ》い鼻歌を口ずさみながら、少し離れて真っ白な布が風にはためく様子を満足そうに眺めた。レッサードはその後ろ姿を眩《まぶ》しく見つめる。

ヴァニラは腕まくりをした細い腕を真上に伸ばしてグンッと背伸びをすると、足元の空の籠《かご》を拾い上げて振り向いた。

レッサードの姿が目に入り、驚いたのだろう。パチパチと瞬《まばた》きをしている。

「さっきはごめん。言いすぎた」

レッサードは早口で一気に告げた。ヴァニラは困ったように微笑《ほほえ》む。

「わざわざ謝りにいらしたんですか？　気にしないで結構ですよ。こちらこそ……」

「気にしなよ！」

拗《す》ねたように口を尖らす彼を見て、クスッと笑う。

「あの、レッサード様、よければ少しお話しませんか？」

ヴァニラは洗濯場の横にあるベンチを指差した。


レッサードはベンチに腰掛けていた。

やがて、物干しに掛けられたテーブルクロスの隙間を縫って、グラスを二つ手に持ったヴァニラが姿を現す。

「厨房《ちゅうぼう》で果実水を貰《もら》ってきました」

レッサードは差し出されたグラスを受け取る。

「ありがとう」

ヴァニラは笑顔で応えると、彼の隣に腰を下ろした。

明るい日差しに目を細めながら気持ちよさげに風を受けている。

「今日は暑いほどの陽気ですね、いい風も吹いている。洗濯物がよく乾きます」

「そうだね」

彼女はグラスを両手で持ってコクコクと喉を鳴らして果実水を飲むと、静かに息を吐く。

「先ほどレッサード様の仰《おっしゃ》っていたことは合ってます。よく私のことを見てらしたんですね」

レッサードはマジマジとそのそばかすの浮いた横顔を見つめた。

切れ長の二重《ふたえ》で水色の瞳を真っ直ぐ前に向け、口元に笑みを浮かべている顔は少し寂しげで、彼はコトコトと音を立てる鼓動を意識する。

「私、人に嫌われるのが怖いんです。本当は陰気で人見知りな性格なんですけど、それじゃあ必要とされないんじゃないかと思って明るく元気な自分を装《よそお》ってます」

「陰気で人見知りだからって嫌われるとは限らないじゃないか」

「ありのままの自分に自信がないんです。この世界に存在する理由すら分からない」

レッサードはその淡々と述べられた衝撃的な言葉に息を呑む。

「私の両親は番同士《つがい》じゃないんです」

突然の意外な告白に面食らいながらも、レッサードはなんとか答える。

「別にそんなに珍しい話でもないだろう？」

「ええ、そうですよね。番《つがい》を見つけられずに一生を終える獣人は一定数いますし」

「番《つがい》とまでは行かなくても、気が合って一生添い遂《と》げる夫婦は沢山《たくさん》いる」

ヴァニラは頷《うなず》く。

「両親は幼なじみだったそうです。お互いいい年になっても番《つがい》が見つからないので、話し合って結婚したと。よくある話ですよね。仲は良かったですよ、二人とも大好きでした。……でも」

目を伏せて足をぶらぶらと動かした。

「私が七つの時、父が番《つがい》と出会ってしまったんです」

レッサードは胸を突かれて、グラスを持つ手にグッと力を込めた。

「母は私を連れて家を出ました。恨み言一つ言うわけでもなく。それどころか父と番《つがい》のことを祝福して笑ってました。それから女手一つで私を育ててくれたんです」

「……そう。強いお母さんなんだね」

「ええ。尊敬しています。父のことも恨んでいるわけではないのです。それでも、父に選ばれなかったという喪失感が拭《ぬぐ》えない。それに……母には申し訳ないのですが、番《つがい》同士から生まれていない自分は何処《どこ》か欠陥品のような気がして」

「そんなわけはない！」

強く否定するレッサードに、ヴァニラは微笑《ほほえ》む。

「思い込みだということは分かっています。私のような獣人は他にもいるのだし。それでも私は未だに番《つがい》という存在が受け入れられないんです」

「お見合いパーティに出ないのは、それが理由なのか」

「長く共に過ごした家族を捨ててしまえるほどの存在なのでしょう？　それって恐ろしくありませんか」

レッサードは考え込む。

そんなこと、気にしたこともなかった。

「私には番《つがい》は必要ありません。だけど、一人は寂しいんです。居場所は欲しい。……面倒くさいでしょう？」

ヴァニラは笑う。

青い空と風にはためく白い布を背景に。

その光景は美しく、けれど切なくレッサードの胸を締め付けた。

(ああ、やはり自分はヴァニラを放ってはおけない)

激しく感情を揺さぶられるのだ。

彼はシメオンの言葉を思い出す。

「君の気持ちはなんとなく分かる。だけど、やっぱり違うと思う」

ヴァニラを真っ直ぐ挑むように見ると、胸を張った。

「僕が教えてやろう、偽《いつわ》らずに生きる方法を。まずは僕を見習え！」

その日から、ヴァニラはマリオン殿下のお世話係とレッサードの助手を掛け持ちすることになった。

レッサードはヴァニラがそれ以外の業務に携《たずさ》わることを一切禁じ、余計なお節介を焼かぬように言い聞かせる。

「ヴァニラ、今日の打ち合わせの議事録を纏《まと》めといて」

「はい」

「相変わらず頭の固いジジイだった」

「レッサード様ってば、あからさまに表情に出ておいででしたね」

彼女は手を動かしながらクスクスと笑う。

「でも、交渉は僕の勝ちだ」

「完璧な理論でした。ぐうの音《ね》も出ないふうでしたね。見ていて胸がすきました！」

「だよね！」

レッサードは嬉しそうに身を乗り出した。シマシマのしっぽがパタパタと揺れている。

その様子を側近達が遠巻きに眺めていた。

「レッサードはよく働く部下を得てご満悦だな」

「どう見てもヴァニラに手懐《てなず》けられてんだろ」

「何か教えるとか言ってたよなぁ」

「まあ、ヴァニラも楽しそうですし、レッサードと一緒にきちんと昼食も取っているようですから、見守りましょう」

フォルクスは腕を組んで苦笑いをした。

レッサードは書類から顔を上げて、目の前でせっせと書き物をするヴァニラを窺《うかが》った。あれだけ気に入らなかったのが嘘のようだ。彼女に対してイライラムカムカすることが一切なくなっている。

それどころか、ヴァニラを連れ歩くのが楽しくてしょうがない。

掛け持ちとはいえ、専属の部下が付いたのはレッサードにとって初めてのことだったし、また、この部下が殊更《ことさら》優秀だ。

彼は浮かれ、ヴァニラを手元に置いた理由を殆《ほとん》ど忘れかけていた。

「お見合いパーティ当日の出張理容師が足りない」

「予約者が前回の五割増なのですね」

「町外れの理容院まで足を伸ばしてみるか」

ヴァニラを連れて町の外れの理容院を訪ね歩く。

なんとか必要な人数の理容師を確保して王城に戻る途中、小さな保育園の前を通りかかった。

木柵に囲まれた土の園庭で、毛糸玉のような獣人の幼児達が忙《せわ》しなく跳ねている。キャッキャッという楽しげな声が耳を擽《くすぐ》った。

すると、その中でも年長と見受けられる園児が突然こちらを指差して叫ぶ。

「ヴァニラだ!!」

途端に、ボールやおもちゃを放り投げて園児が一斉にこちらへ駆け寄ってくる。

レッサードは些《いささ》か焦《あせ》って傍《かたわ》らの部下に視線を向けた。ヴァニラは困ったように笑っている。

「以前の職場なんです」

園児達は柵越しに彼女に向かって手を伸ばす。

ヴァニラは危ないから手は出しちゃ駄目だよと言いながら、柵の上から手を差し伸べた。園児達がその手に群がる。

「ヴァニラ、遊ぼう」

「ヴァニラ、中に入って」

「大人気だな」

レッサードが茫然《ぼうぜん》と呟《つぶや》くと、ヴァニラは照れ臭そうに笑った。

「ヴァニラ、お歌を歌って!!」

誰かが声を上げた途端、園児らが口々にそれを強請《ねだ》る。

「ヴァニラのお歌が聞きたい！」

「ヴァニラのお歌好き!!」

「聞きたい〜」

レッサードは明らかに慌て始めたヴァニラをじっと見つめた。

「歌ってやれば？　時間には余裕あるし」

彼女はブンブンと首を横に振ると子供達に向き合い、ゆっくりとした口調で言い聞かせる。

「ヴァニラは今お仕事中なんだよ。お歌は今度ね。お仕事がお休みの日に遊びにくるよ」

ええぇーと不満そうな声を上げる園児達。しかし気付いて駆けつけた保育士に宥《なだ》められ、渋々戻っていく。

ヴァニラは笑顔で手を振った。

「なんで辞めたの？　子供達に随分好かれているみたいなのに」

その問いに、目を伏せる。

「特に理由はないんです。けど私、一ヶ所に長く留まれないという困った性分なんです。それでもこの保育園は最長記録なんですよ。五年務めました」

そしてレッサードに掌《てのひら》を向け、指を広げて見せた。彼は眉を上げてヴァニラを見る。

「居場所が欲しいんじゃないの？」

「不意に離れたくなるんです。多分、失うのが怖くなっちゃうんですね。自分から手を離せば傷付かずに済むような気がして」

自分のことなのにまるで他人事のように語るヴァニラに、胸がざわめく。

「本当に自分でも分からないほど複雑なんです。困っちゃいますね」

「辞めてもらっちゃ困る！」

レッサードは思わずヴァニラに詰《つ》め寄《よ》った。彼女は目を見開き、その後嬉しそうに笑う。

「レッサード様にそう言っていただけるなんて、とても光栄です」

「もっと一緒にいて、いっぱい僕から学んでもらわないと！」

「そうですね、レッサード様の傍《そば》にいると、とても勉強になります。もっと吸収したいです」

「そうだろう！」

(特に何もしてないけど……)

レッサードはそう思いつつも、ヴァニラの言葉にホッとしていた。


それから暫《しばら》くした夜のこと。

レッサードはまたあの酒場を訪れていた。自分を魅了してやまない声を聴き、幸せに酔いしれる。

ダフネが去ると、暗かったステージにランプが灯され、残されたバンドが音楽を奏で始めた。

レッサードはダフネの歌声の余韻に浸《ひた》り、うっとりとグラスの果実酒に口をつける。

今夜も最高だった。

グラスを掴み、カウンターに移動する。

裏口で待ち伏せることは控えようと決めていた。

彼女には時間をかけて慎重に近付く必要があると思ったのだ。

きっとまた、十日もしない内にステージ上の彼女に会える。

ところが、次の予定を訊《たず》ねたレッサードにバーテンダーが返したのは、予想外の言葉だった。

「次は未定なんですよ」

「そうなの!?」

「それで、おそらく次が彼女のラストステージになります」

「……は⁉」

「実はもう契約が切れてるんですよ。店長が必死で引き留めるので歌ってくれてますけど、多分もうそろそろ……」

レッサードは息を呑み、店の外へ飛び出す。

道のずっと先に黒いローブが走り去っていく影を見る。

あとを追おうと足を踏み出すが、躊躇《ちゅうちょ》し、突き上げる胸の痛みに顔を覆《おお》って蹲《うずくま》った。

(もう彼女の声が聞けないなんて……！)

そんなことあり得ない、受け入れられない。

レッサードは店に戻りカウンターに座ると、バーテンダーに強い酒をオーダーした。

「――お前、酒臭いぞ」

その言葉に、レッサードはチャドをジロリと睨《にら》んだ。

「むせるほど幸せなチャドには分からないよ」

「なんだァ？」

「誰にも僕の胸の内は分かるまい」

「ったりめぇだろ、知らねぇよ。勝手に落ち込むのは自由だけど、ヴァニラに迷惑掛けんなよ」

レッサードは頬杖《ほおづえ》をついてチャドに訊《たず》ねる。

「ねぇ、チャドはヴァニラの子守唄を聞いたことがあるんだよね」

「ああ、あれは素晴らしい。寝付きが悪いうちの娘がコテンッて寝て、夜泣きもしなかった。魔法みてぇだったな。聞いてる俺も寝そうになった」

「ふぅん」

結局、二日酔いと寝不足で使いものにならないレッサードの代わりにヴァニラが走り回ることになった。レッサードは情けなく申し訳ない思いを抱えながらも、仮眠室の簡易ベッドで休む。

窓から吹き込む涼しい風に微睡《まどろ》みながら、優しい夢を見た。

幼い自分が母親の膝《ひざ》に擦り寄りながら昼寝をしている夢だ。

身体を撫《な》でる柔らかく温かい手の感触。

なんとも幸せな心地だ。

微《かす》かに聞こえる母の歌う声。

囁《ささや》き語りかけるような歌声が、優しく心に染み込んでいく。

レッサードはゆっくりと瞼《まぶた》を上げた。

「あ、すみません。起こしてしまいましたか」

聞き慣れたハスキーな声に顔を上げると、ヴァニラが心配そうな表情で覗き込んでいる。

「……ねぇ、もしかして今、唄を歌ってた？」

レッサードの問いに、彼女は首を横に振った。

「いいえ」

「ふぅん」

レッサードは身体を起こして乱れた髪と服を整える。

「だいぶよくなった。午後からは通常通り動けるよ。迷惑を掛けてごめんね」

「本当に平気ですか？　無理はしないでください」

彼はクスッと笑った。

「君に言われるとはね」

「本当ですよ。お酒は程々にされたほうがよろしいですね」

ヴァニラは果実水をポットからグラスに注ぎ、レッサードに差し出す。

レッサードはそれを受け取りごくごくと流し込む。カラカラの喉がたちまち潤《うるお》っていく。

その様子を暫《しばら》く眺めてから、ヴァニラがおずおずと申し出た。

「あの、レッサード様、少しお休みをいただきたいのですが」

レッサードはヴァニラに視線を向けた。

「えっ？　なんで？」

「実家の母に呼ばれまして、数日でいいので……」

「数日？　いつからいつまで!?」

「すいません、急に連絡が来たもので。明後日から数日、えっと移動で往復二日ほどかかるので、五日ほどでしょうか」

「こ、困るけど……分かった。五日したら戻るんだよね!?」

念を押す。ヴァニラは頷《うなず》いた。

「万が一、長引くようなら伝書を飛ばします」

レッサードは急に不安に襲われ、思わず彼女の手を掴んだ。

ヴァニラは目を大きくしてレッサードを見返す。

「帰ってくるよね」

「……ええ。お約束します」

「君がいないと困るんだ」

「……分かっております」

レッサードはきつく目を瞑《つむ》る。深呼吸をして、鼓動を落ち着けた。


ヴァニラから伝書が届いたのは、彼女が里帰りしてから四日後だった。

休暇を延長させてほしいと記してある。

明後日には戻ってくると待ち構えていたレッサードはがっくりと肩を落とす。

「すっかりヴァニラに頼り切っちまって、まあ」

「本当に分かりやすいなぁ、レッサードは」

「マリオン殿下のほうは大丈夫なのか？」

「ええ、他の侍女が世話をしていますが……レッサード、念のためにアナベル様の様子を見てきてください」

「なんで僕が……」

「ヴァニラは貴方の部下でもあるんですからフォローするのは当然でしょう！」

レッサードは渋々立ち上がると執務室を出ていく。

四人の側近とシメオンはその背中を見送った。

「ヴァニラが休暇前にキチンと引き継ぎしていってくれたから、まったく困ってないわよ」

アナベルはマリオンをタンタン太鼓であやしながら答えた。

ヴァニラはほぼレッサードが独占していたはずなのに、いつの間に引き継ぎを済ませていたのだろう。つくづく有能な娘だ。

レッサードはアナベルに近付くと手を伸ばした。

「マリオン殿下を抱かせてもらっても？」

「どうぞ」

アナベルはマリオンを大事そうに抱き上げて、レッサードの胸にそっと押し付ける。

レッサードはその温かく柔らかい身体を受け止めた。

小さく揺らしながらポンポンと拍子をつけて掌《てのひら》であやすレッサードを見て、アナベルが感心する。

「慣れてるのね。シメオン様より安心して見ていられるわ」

「兄弟が多いので。これでも赤ちゃんのお世話は一通りできます」

「へぇ、意外！」

「僕が自己主張の激しい性格になったのは、勿論《もちろん》、元々の性質もありますけど、黙っていたら兄弟に埋もれて両親に声が届かなかったからです」

「なるほど」

レッサードはマリオンから香ってくるミルクの甘い匂いを嗅《か》ぎ、ふと訊《たず》ねる。

「アナベル様は知っているんですか、ヴァニラがあの強い花の香りを纏《まと》う理由」

アナベルは首を傾《かし》げた。

「私は獣人国の事情に詳しいとはいえないけど、なんとなく想像はつくわ。年頃の娘は敢《あ》えて香水を控えめにするのよね、番《つがい》に嗅《か》ぎ分《わ》けてもらいづらくなるから……でも、私は好きよ、ヴァニラのあの香り」

「そうですね。僕も嫌いじゃない」

「メルバ婆さんのところにいた時に、生花を見たことがあるの。可愛いお花だったわ、えっと、名前はなんだったかしら……」


それから数日後。

あの裏通りにある店のバーテンダーがレッサードを訪ねてきた。

「ダフネのラストステージが急遽、今夜に決まりまして。レッサード様にはお知らせしなければと思ったものですから」

「本当に最後なんだ……」

項垂《うなだ》れるレッサードにバーテンダーは苦笑いする。

「元々歌を商売にしていたわけじゃありませんからね、勿体《もったい》ないですが。でも、レッサード様ほどの熱烈なファンなら、声を聞いただけで分かるんじゃないですか？　王都の何処《どこ》かにはいるはずですよ」

いつも通り灯りを落とした暗いステージに彼女は静かに姿を現した。

一言も発さないままにバンドが曲のイントロを奏で始める。

ラストステージだとはいえ、それは変わらないようだ。

透明で切ない歌声が耳に飛び込んで来た瞬間、レッサードは震えた。

待《ま》ち焦《こ》がれていた彼女の声だ。

なぜか今夜はいつも以上に心が揺さぶられる。

悲痛な魂《たましい》の叫びのようにも聞こえ、レッサードは胸を押さえた。

それでも、柔らかく伸びやかに響くそれは、迸《ほとばし》る命の息吹のようにも感じて、込み上げる涙を堪《こら》える。

満場の拍手の中、静かに頭を下げたダフネはいつも通り一曲だけを歌い上げてステージを去った。

やはり、決して話さない。

客も心得ているのだろう、アンコールは要求せず、ただスタンディングオベーションで見送る。

レッサードは震える身体と高鳴る鼓動を落ち着けるように深呼吸をした。

そして、ゆっくりと席を立つ。

黒いローブを羽織《はお》ったダフネが裏口に現れると、彼は迷いなく呼び掛けた。

「素晴らしいラストステージだったね」

ダフネは驚きはしたものの、レッサードの姿を認めて身体を向ける。

「本当に辞めてしまうの？」

彼女は小さく頷《うなず》いた。

「残念だ。君の歌が二度と聞けなくなるなんて、ものすごく辛《つら》い」

ダフネは小さく首を振ると頭を下げる。

「今までありがとうございました」

小さな高い声が発せられた。

レッサードが一歩近付くと、ダフネはスッと後退《あとずさ》りする。

「逃げないでほしい」

その懇願《こんがん》する声を聞き、凍りついたように立ち止まった。

「君の声を初めて聞いた時、僕は確信したんだ。君が僕の運命だと」

息を呑む音が薄暗い路地に響く。

「思い込みだと思う？　だけどね、僕は自分でも嫌になるほど勘がいいんだ」

ダフネが再び後退《あとずさ》る。

「君が必死で隠すから暴くような真似はしなかったけど、逃げようとするなら話は別だ」

「何を仰《おっしゃ》っているのか……」

「ダフネは花の名前らしいね。君がいつも付けている香水はその花が原料だ」

彼女は両手で口を覆《おお》った。

「番《つがい》から逃げるために纏《まと》ったその香りが、僕に見つかるきっかけになってしまったんだから、皮肉だよね」

「そんな、いつから……」

「だいぶ前からだよ。僕は随分我慢した。だけど、そろそろ限界だ。いい加減に正体を現してくれないか？」

彼女は震える手でフードに手を掛ける。

薄暗い路地を照らすのは、店の小さな窓から漏れる灯りだけだ。

しかし、その人物を特定するには充分だった。青みがかった灰色の細かくウェーブした長い髪。立ち上がる少し小さめの三角耳。微《かす》かにその色が見て取れる伏せた瞳の色は澄んだ水色だ。

ローズピンクの唇が震えている。

「ヴァニラ」

呼び掛けられて、彼女は顔を上げた。

「流石《さすが》、レッサード様。侮《あなど》っておりました」

観念したように溜め息混じりの声を漏らす。

いつものハスキーな声だ。

「これでも五大村の筆頭の一人で、国王の側近だからね」

「そうでした。普段の親しみやすいお人柄にすっかり油断しておりました」

「王都に帰っていたんだね」

「色々と細々《こまごま》した手続きがありましたので、それを済ませてから登城するつもりでした」

レッサードはヴァニラに向かって踏み出した。彼女が身体を強張《こわば》らせたことに気付いたが、構わず近付く。

「細々《こまごま》した手続きって何？　まさか王城侍女を辞めて田舎《いなか》に帰るつもりなの？」

彼女は首を横に振る。レッサードはヴァニラの髪を一房、手に取った。

「許さないよ」

「レッサード様、私のことは捨て置きください。お願いですから」

泣きそうな声で懇願《こんがん》する彼女を、表情を変えずに見下ろす。

「できるわけがないだろう。ヴァニラだって気付いているはずだ。僕がつが……」

「やめてください！　私には番《つがい》など必要ないと申しました！」

レッサードは燃える目でヴァニラを睨《にら》んだ。

「君が父親のことで傷付いたのは分かる。だけど、君が運命を拒む必要はない」

ヴァニラの目から大粒の涙がこぼれる。

「僕には君を幸せにできないとでも？」

「そんなことは……」

「複雑で面倒くさい君を愛せないとでも？」

彼女は顔を覆《おお》う。

「……怖いんです。レッサード様の手を取るのが怖くて仕方ない。逃げたい……お願いです、私を逃がしてっ……」

レッサードは叫んだ。

「じゃあ、君は僕に一生一人でいろと言うのか？　君以外は愛せないのに！　君が至上の相手だと知っているのに！　僕にそんな孤独で地獄のような日々を過ごせと!?」

ヴァニラはハッとして、涙に濡れた顔を上げる。

レッサードはヴァニラの肩に手を置いて、顔を覗き込む。

「頼む、ヴァニラ。僕を一人にしないで。僕の傍《そば》にいて愛して」

「レッサード様……」

「お人好しの君につけ込むよ。どうか、僕のために傍《そば》にいてよ。それでも逃げると言うなら、地の果てまでも追いかける。囲い込んで退路を絶つ。僕は欲しいものには手段を選ばない。知ってるだろう？」

ヴァニラは目を伏せて口元に笑みを浮かべた。

「……はい。レッサード様はそういうお方です。尊敬すべき私の上司」

「君の熱烈なファンでもある。ねぇ、僕だけのために歌ってくれる？　この間の子守唄みたいに」

「やはり、誤魔化《ごまか》されてはいただけなかったんですね」

顔を上げた彼女にレッサードは顔を寄せる。

「でも、その前に君の可愛い鳴き声が聞きたいな。僕だけが知る秘密のね」

ヴァニラは頬を染めて小さく頷《うなず》いた。

「狭い部屋ですが」

店からほど近いヴァニラの家に着き、レッサードは先ほどから握りしめていた手を漸《ようや》く離した。

玄関ドアに近付くヴァニラを見て敏感に反応し、走り寄る。

「何処《どこ》行くの!?」

「何処《どこ》にも行きませんよ。今帰ってきたところなんですから。ローブを掛けるだけです」

彼女はドアの横にあるフックにローブを掛けて、クスクス笑う。

「警戒しすぎです」

「だって、君は信用ならないもの。嘘つくし、逃げようとするし」

「もう逃げませんし、嘘をつく必要もなくなりました」

レッサードはヴァニラを抱き締めた。

小柄なレッサードと女にしては背が高めのヴァニラの身長はほぼ同じだ。

二人は目線を合わせて額《ひたい》をくっつけた。

「どんな感じ?」

「どんな感じとは?」

「ドキドキする?」

「そうですね、レッサード様の傍《そば》にいると、いつも胸がザワザワして足元がふわふわしていました」

「全然分からなかったね」

「お互い様では」

「僕らは捻《ひね》くれ者同士なんだな。つまり、お似合いだ」

ヴァニラは喉を鳴らして笑う。レッサードはそっと唇を寄せた。

何度も唇が触れ合う度に、泣きそうになるほどの愛しさが込み上げる。

「君が好きだヴァニラ」

「私もです。レッサード様」

口を開いてヴァニラの唇を覆《おお》い、舌で口内を味わう。

経験したことのない高揚感に包まれて、レッサードは息が止まりそうになる。

必死で呼吸を整えつつも激しい口付けを交わし、ヴァニラをベッドに誘った。

ゆっくりと細い身体をシーツに横たえ、上からのしかかる。

ヴァニラがそっとレッサードの首に手を回した。

お互いの呼吸が絡み合い、肌が擦れた部分から激しい疼《うず》きと熱が生まれる。

レッサードは夢中でヴァニラの肌を舌で味わった。小ぶりな胸を掴んで、強く舐《な》め上《あ》げる。

「あっ、レッサード様っ、はぁ」

「ああ、可愛い僕のヴァニラ、いい匂いだ。これが君の本当の匂いなんだね？」

その甘い香りを思い切り吸い込む。頭がクラクラして、下半身にグワッと熱が集まった。

ツンと立ち上がった蕾《つぼみ》にかぶりつき口内で舌で転がしながら、逸《はや》る気持ちを抑えて指をヴァニラの泉に伸ばす。濡れた感触を感じた途端、理性が焼き切れそうになった。

「凄《すご》く濡れてる……ヴァニラ、気持ち良い？」

「あ……気持ち良いです……こんなになるなんて……あ、私、どうなってしまうんでしょう」

「そりゃあ、もっと気持ち良くなるんだよ、おかしくなるくらい。そして、僕なしじゃいられなくなる」

「んんっ、レッサード様なしでは？」

ヴァニラの敏感な粒を見つけて、レッサードはそっと指で突つく。

ヴァニラの身体が跳ねてレッサードの耳を掴んだ。

「あっ、やあっ！」

「そのまま僕の耳を掴んでおいで。もっと激しくするからね」

レッサードは舌なめずりをしながら粒を小刻みに刺激した。蜜がトロリと滴《したた》り、手を濡らす。

「あ、あ、ああっ、だめ、やあぁ……」

「ああ……いい声だ。もっと鳴いて、ヴァニラ。僕の歌姫」

胸の蕾《つぼみ》に吸い付きながら、指を泉の奥に進めて中を探《さぐ》る。

「はあっ、やだぁ、レッサードさまぁ、変になっちゃう、あ、ソコだめぇ！」

彼は荒い息を吐きながらソコを執拗《しつよう》に擦《こす》った。

「は、は、ああぁっ、も、だめぇ」

「はあっ、なんて声で鳴くの。もお、その声だけでイッちゃいそうだよ……もう、無理！」

身体を起こして、ヴァニラの細い足を広げる。

「もう、予想以上だよ、なんなのこれっ、怖い！　だけど……凄《すご》く幸せ!!」

濡れた花弁に、はち切れんばかりに膨張して硬くなった陰茎を擦《こす》り付《つ》けた。

「ヴァニラ、挿《い》れていい？　もう僕、限界」

「はあっ、レッサード様お願いします……私も早く欲しくてもう……」

レッサードは腰を押し進めるが、あまりの気持ち良さに腰が砕けそうになる。

「はっ、凄《すご》いっ、まずいよ、持ってかれる」

「あん、やぁ、ああっ」

己を奮い立たせて、懸命に奥まで突き進んだ。

「は、はあっ、だめ、私っ、もう……」

「挿《い》れただけでそんなになっちゃうの？　感じやすいんだねっ、あ、そんなにヒクヒクさせて、駄目だって」

「もぉ、レッサード様ぁ、お願いっ、ヴァニラをイかせてぇ！」

「だ、だから、その声反則!!」

レッサードは堪《こら》えきれず、腰を振る。

程《ほど》なく腰に溜まった欲がビクビクと竿《さお》に流れていき、彼は奥まで突き上げたまま、波打つ中にそれを放った。何度目か分からない強烈な快感が突き上げ、腰の筋肉が痙攣《けいれん》し、温かい膣内に包まれた陰茎から欲望が迸《ほとばし》る。

レッサードはウッと声を上げ、愛しい番《つがい》の上に倒れた。

「はぁっ、噂には聞いていたけど……止まらないよ。こんなに何度もするのは初めてだ」

ぐったりした熱い身体を僅《わず》かに動かしながら、ヴァニラが気遣う。

「大丈夫ですか、レッサード様。何か飲み物をお持ちしますか」

レッサードは顔を上げる。心配そうな表情を浮かべる彼女に手を伸ばしてその頬を撫《な》でた。

「君の美しい声をこんなにかすれさせてごめんね。何度抱いても止まらなくって」

ヴァニラは恥ずかしそうに微笑《ほほえ》む。

「そういうものなのでしょう？　私だって何度絶頂を迎えても、求められたらすぐに気持ち良くなってしまうんですもの」

レッサードはヴァニラを引き寄せて頬擦りする。

「可愛くて優しいヴァニラ。大好き」

「ふふ、レッサード様、擽《くすぐ》ったいです」

「僕が飲み物を取ってくるよ、キッチンにある？」

「ええ。保冷庫の中にお茶の入ったポットがあります。グラスは棚の中に」

ポットとグラスを携《たずさ》えてベッドへ戻った。

するとヴァニラは身体を起こして手紙らしきものを読んでいた。レッサードの姿に気付き、それをサイドテーブルの上に置く。

「なんの手紙？」

グラスにお茶を入れてヴァニラに手渡しながらレッサードは訊《たず》ねた。

「母からです。実は、母が再婚することになりまして」

「えっ」

「つまり、結婚式に出席するための帰郷だったんです」

「お母さん、もしかして番《つがい》を見つけたの⁉」

ヴァニラは困ったように笑う。

「それがよく分からないって。番《つがい》の嗅《か》ぎ分《わ》けは高齢になると困難になるので」

「まあそうだよね」

「でも、とても気が合うのだそうです。考えていることがお互い手に取るように分かるって幸せそうでした」

レッサードは彼女の横に座りその華奢《きゃしゃ》な肩を抱き寄せた。

「そう、よかったね」

「結婚式には父の家族も呼ばれていまして。なんだか私一人が混乱してしまいました。みんな僅《わず》かな蟠《わだかま》りも感じさせないほど笑顔で楽しそうで、ウダウダ悩んでいた自分が馬鹿みたいに思えて」

「僕、ヴァニラのその複雑なところも嫌いじゃないけどね」

ヴァニラはレッサードを見上げて嬉しそうに目を細める。

「変わりたいなぁ、と思ったんです。取《と》り敢《あ》えず手始めに歌の仕事にケジメをつけようと思って。

王都に戻ってすぐにラストステージを組んでもらったんです」

「そうだったの」

「細々した手続きというのは、母の代わりに婚姻届けや諸々の書類を提出するためで」

レッサードは目を瞑《つむ》って息を吐いた。

「なんだあよかった。てっきり僕から逃げるつもりなのかと思って、居ても立ってもいられなくなった」

「あのまま番《つがい》とバレずにレッサード様のお傍《そば》にいることが私の望みでした」

隣に視線を向ける。

ヴァニラがレッサードの胸に擦り寄った。

「でも、何処《どこ》かで見付けてほしいとも思っていました。日に日にレッサード様への想いが募《つの》る一方で、少し辛《つら》かったんです」

「もおぉ、なんだよ！　胸がキュンとしちゃったよ！　更に違うとこもキュンキュンしてきた！

ヴァニラ早くお茶飲んで！」

「は、はいっ」

レッサードはヴァニラが半分飲んだグラスを受け取り一気に喉に流し込むと、傍《かたわ》らの番《つがい》を押し倒す。

「僕が何を考えてるか分かる？」

「分かります。私はレッサード様の番《つがい》ですから」

「滅茶苦茶にしたいんだけど」

「ふふ、奇遇ですね。私も滅茶苦茶になりたいです」

「もう！　好き！」

レッサードはヴァニラに襲いかかった。

【最終話】獣人国よ永遠なれ

「やっとくっついたか……」

チャドがレッサードから届いた伝書をベアルに渡す。

「やたらとヴァニラのことを気にしてたもんなぁ」

ベアルはドルマンに回す。

「ヤキモキしたな。ミュカもヴァニラのことは心配してたからよかった。教えてやらなきゃな」

フォルクスはドルマンからそれを受け取ると、笑みを浮かべた。

「これで側近全員番《つがい》を見つけることができましたね。おめでたい。一安心です」

「もう、村から急《せ》かされなくて済む！」

「お見合いさせろって煩《うるさ》かったもんな」

「レッサードがヴァニラを射止めてくれてよかったぜ。なんたって魔法の子守唄を歌える優秀な乳母だからな！」

シメオンが頷《うなず》いた。

「そうだな。これからも続々と子供が誕生するだろうし」

フォルクスが手を上げた。

「あ、申し遅れましたが、私のところも来春二人目が生まれる予定です」

「おー、待望の！　サリエは喜んでるだろ」

サリエはフォルクスの番《つがい》だ。王都にある甘味屋の娘で、団子が縁でフォルクスと巡り会った。

「王城に保育部屋を増設するか」

シメオンは顎《あご》に手を当てて考え込む。

「アナベルも根っからの子供好きだからなぁ、実は、保育士の資格を取りたいと言い出したのだ」

「王妃様だぞ⁉」

「まあな。でも、いいんじゃないか？　俺としてはアナベルの希望は叶えてやりたい」

側近達は顔を見合わせる。

「王妃が保育士になってはいけない理由があるか？」

「ないな」

彼らは五大村から選出された若き側近。

獣人国王シメオンに仕えるために選ばれた精鋭だ。

「古臭く無意味な常識など要《い》らん。俺は新しい獣人国を作りたい。お前達とな。付いてきてくれるか？」

「御意!!」

四人の側近達は背筋を伸ばし、尊敬すべき君主に向かい胸に手を当て高らかに誓う。

彼らは奮い立つ。

これからの獣人国は我らが作るのだ。

更なる発展、平和の持続。

そして、国民すべてが等しく幸せに過ごせるように。

最高の理解者を得た彼らは自信に満ちていた。


「僕がいない間に、そんな感動的な展開になってたわけ!?　納得いかない!!」

十日後、登城したレッサードはブゥブゥ文句をたれた。

フォルクスは苦笑いをする。

「仕方ないでしょう、貴方はいなかったんだから」

シメオンが真顔で提案した。

「お前一人で宣言してみろ。聞いてやる」

「絶対ヤダ!!　そんなの間抜けじゃないか！　絶対皆で笑いものにする気だろ!!」

側近達は笑う。

「わーん！　ヴァニラは何処《どこ》？　慰《なぐさ》めてもらう～!!」

執務室を飛び出していくレッサードの背中を、皆が見送った。

強《したた》かな彼のそれは演技であり、ただ愛しい番《つがい》に会いたいだけだと皆気付いている。

優しい風が吹いていた。

城を取り巻く緑をそよがし窓からそっと入り込み、皆の頬を撫《な》でる。

そしてまた町を吹き抜け、川を渡り、緑豊かな山に向うのだ。
悠々と飛ぶ龍の如《ごと》く。
愛すべき獣人国を祝福するように。
獣人国は今日も平和である。

Noche
ノーチェ

甘く淫らな恋物語

ノーチェブックス

転生特典は
極上のつがい!

異世界でうさぎになって、狼獣人に食べられました

榎本《えのもと》ペンネ
イラスト：comura

神様的存在の手違いで、うさぎの獣人として異世界に転生する羽目になったルミ。突然放り出された異世界で途方に暮れる彼女を拾ったのは、狼獣人のベックラーだった。強面の軍人である彼とルミは、なぜか急速に惹かれ合う。実はルミが転生するにあたって与えられた特典は、「生涯のつがいに出会える保証」で……!?

詳しくは公式サイトにてご確認ください
https://www.noche-books.com/

携帯サイトはこちらから！

この作品に対する皆様のご意見・ご感想をお待ちしております。

おハガキ・お手紙は以下の宛先にお送りください。

【宛先】

〒150-6008 東京都渋谷区恵比寿 4-20-3 恵比寿ｶﾞｰﾃﾞﾝﾌﾟﾚｲｽﾀﾜｰ 8F
（株）アルファポリス　書籍感想係

メールフォームでのご意見・ご感想は右のＱＲコードから、
あるいは以下のワードで検索をかけてください。

アルファポリス　書籍の感想　検索

ご感想はこちらから

本書は、「アルファポリス」（https://www.alphapolis.co.jp/）に掲載されていたものを、改題、改稿、加筆のうえ、書籍化したものです。

九番姫《きゅうばんひめ》は獣人王《じゅうじんおう》の最愛《さいあい》となる

すなぎもりこ

2023年 4月 25日初版発行

編集－黒倉あゆ子
編集長－倉持真理
発行者－梶本雄介
発行所－株式会社アルファポリス
〒150-6008 東京都渋谷区恵比寿4-20-3 恵比寿ｶﾞｰﾃﾞﾝﾌﾟﾚｲｽﾀﾜｰ8F
TEL 03-6277-1601（営業） 03-6277-1602（編集）
URL https://www.alphapolis.co.jp/
発売元－株式会社星雲社（共同出版社・流通責任出版社）
〒112-0005 東京都文京区水道1-3-30
TEL 03-3868-3275
装丁イラスト－ワカツキ
装丁デザイン－AFTERGLOW
（レーベルフォーマットデザイン—ansyyqdesign）
印刷－中央精版印刷株式会社

価格はカバーに表示されてあります。

落丁乱丁の場合はアルファポリスまでご連絡ください。

送料は小社負担でお取り替えします。


ISBN978-4-434-31913-6 C0093